KB181555

Café de Paris
카페 드 파리

Café de Paris
카페 드 파리

박유하 지음

황소자리

| 프롤로그 |

10년 가까이 파리에서 유학했다. 생각해보면 내 인생의 가장 빛나는 시기를 파리에서 보낸 셈이다.

그 짧지 않은 시간 동안, 카페는 내 삶의 많은 부분을 책임져준 친구였다. 사람들을 만나는 사랑방이자 바쁜 아침식사를 챙겨주는 식탁이었고, 유학생활의 고단함을 나 홀로 달래러 가던 마음의 다락방이었다.

어디 나 혼자뿐일까. 모든 파리지앵에게 카페는 일상의 중요한 무대다. 출근길 카페 바에 서서 에스프레소를 홀짝 마시고 떠나는 직장인들, 햇빛 좋은 날 테라스에 앉아 한담으로 시간을 보내는 노인들, 푹신한 카페 소파에 몸을 묻고 책을 읽거나 토론을 하는 학생들, 한밤중의 공연을 보기 위해 서둘러 카페로 발길을 옮기는 동네 주민들…….

1686년 파리에 첫 카페가 문을 연 이후 프랑스 사람들은 수백 년 동안 나날의 꿈과 이야기를 이곳에서 풀어내며 자신들만의 고유한 문화와 역사를 만들어냈다.

파리에 사는 동안 무수히 많은 카페를 들락거렸고, 그들만의 역동적인 카페 문화와 조우할 때마다 눈물이 날 만큼 아릿하게 부러움을 느끼기도 했다. 그런데 막상 파리 카페에 대해 이야기를 하려고 하니 어디서부터 어떻게 시작해야 할지 눈앞이 캄캄해진다.

멀리서 보면 하나의 밑그림 속에 연결된 풍경이지만, 하나하나 각기 다른 성채를 구축하고 있는 파리 카페들. 그곳은 스쳐가는 이방인에게 쉽사리 속내를 열어 보이지 않는 비밀의 화원이기도 했다.

짧지 않은 파리 생활과 나보다 몇 갑절 더 많이 파리를 사랑하는 그곳 친구들에게 조언을 구해 스물여덟 군데 카페를 테마별로 선정했다. 수십 년 철학토론의 전통을 이어온 카페필로, 사르트르가 자코메티에게 커피 값을 빌리던 클래식 카페, 갤러리 카페와 뮤직 카페, 카페 뮤제 그리고 현대적 감각을 자랑하는 인테리어 카페들까지…….

전통과 현대를 아우르며 나름대로 '까다롭게' 다양한 카페들을 고른 이유는 파리 사람들의 풍요로운 삶을 가능한 많이 보여주고 싶어서였다. 철학자와 예술가들이 드나들던 유서 깊은 카페든 트랜디한 감각을 자랑하는 인테리어 카페든, 카페를 가보지 않고 파리를 이야기하는 것 자체가 불가능한 일이니까.

자, 이제 고르고 고른 카페들이 다투어 내 머리와 가슴으로 파고들며 넘치도록 많은 이야기를 쏟아내기 시작한다. 한꺼번에 밀려오는 이 무수한 풍경들 중 어느 곳으로 먼저 발길을 돌려야 할까?

카페가 없다면 파리 산책은 멋이 없으니, 아니 카페가 없다면 지금의 파리 역시 없었을 것이니…….

Café de Paris

contents

Café Nostalgie

1장 카페 노스탈지

- 라 쿠폴La Coupole
- 오텔 뒤 노르Hôtel du Nord
- 카페 드 플로르Café de Flore
- 라 모스케La mosquée

100년 전 파리의 화려함을 느끼고 싶다면 몽파르나스 대로변에 자리잡은 라 쿠폴에 가봐야 한다.
턱시도를 입은 신사들과 우아한 드레스의 숙녀들이 무성영화에 대해 얘기하고 있을 듯한 이곳.

La Coupole

라 쿠폴

몽파르나스 주변의 카페를 자주 드나들던 조각가 알베르토 자코메티. 어느날 한 카페에 들어가 자리를 잡고 앉았는데 옆에 있던 사람이 말을 걸어왔다. "이곳에 자주 오시는 분 같은데, 제가 오늘따라 커피값이 없습니다. 혹시 좀 내주실 수 있는지요."

나중에 두 사람은 모두 유명인사가 되었지만 그때만 해도 서로 안면 없는 카페의 객일 뿐이었다. 가난한 조각가에게 커피값을 떠안긴 인물은 바로 장 폴 사르트르, 그 만남의 무대가 되어준 카페는 '라 쿠폴La coupole' 이었다고 한다.

자코메티 전기를 보면, 20세기 초·중반 무렵 파리에서 가장 활발한 카페들은 몽파르나스 주변으로 그려져 있다. 그중에서도 가장 인기 있는 카페 중 하나인 라 쿠폴은 우선 그 웅장한 크기와 화려함에서 다른 카페들을 압도한다. 멋진 대리석 기둥이 홀 전체를 장식하고 있어 우아한 궁전에 발을 디딘 듯한 기분이 드는 곳이다. 워낙 규모가 있는 카페라, 단골들끼리도 서로의 눈에 띄기가 쉽지 않다. 사르트르가 자코메티를 자주 봤다면 그야말로 문턱이 닳도록 다녔다는 얘기다. 자코메티 역시 작업시간 외의 모든 일과를 카페에서 해결하다시피 했다는 이야기가 과장이 아닌 듯싶다.

자코메티와 사르트르에 비견할 수는 없지만, 나에게도 비슷한 일이 있었다. 언제였더라, 쿠폴에 처음 간 날이었다. 나는 커피 한 잔을 홀짝 마시고 자리에서 일어났다. 바에 있는 갸르송garçon: 웨이터에게 값을 치르려고 하자, 그가 "1유로만 주세요." 라고 했다. 테이블에 앉아 커피를 마셨

알베르티와 자코메티가 쿠폴에 드나들던 20세기 초(왼쪽)와 현재의 쿠폴.
우아하게 세팅된 테이블을 빙 둘러싼 카페 벽면에는 꽤 규모 있는 작품들을 전시해두었다.

는데 1유로라니. 그런 카페는 파리 어디에도 없다.

"1유로는 바에 서서 마시는 값이잖아요."

"30분도 안 돼서 금방 가시니 그냥 1유로만 받을게요. 두세 시간씩 앉아 있는 사람들도 많은데."

나는 단골도, 그와 안면이 있는 사이도 아니었다. 땅만 내려다보며 걷다가 복잡한 마음을 좀 정리해볼 요량으로 엉거주춤 그곳으로 들어갔을 뿐이다. 그러곤 항상 그렇듯, 생각을 다 끄집어내기도 전에 허겁지겁 나오던 차였다. 이 얘기를 프랑스 친구에게 했더니, 눈을 동그랗게 뜬다.

"뭐라고? 그런 얘기는 한 번도 못들었는데… 공짜로 커피를 마셨다는 얘긴 들어봤어도 돈을 덜 냈다는 건 처음이네. 정말 드문 일이야, 정말로!"

그후로 나는 이따금 쿠폴에 들렀다. 쿠폴은 몽파르나스 대로변에 위치한 데다 실내가 넓어서 유난히 느긋한 기분을 즐길 수 있는 곳이다. 테라스를 갖추고 있는 카페들이야 많지만 쿠폴의 테라스를 나는 특별히 좋아했다. 넓고 아늑한 그곳에 오래도록 앉아 신문을 보거나 오후의 햇살을 온몸으로 받을 때, 참 행복했었다. 날마다 이런 행복감을 누릴 수 없는 형편이 뼈아플 만큼.

웅장하면서도 화사한 쿠폴의 테라스.

테라스 못지 않게 매력적인 실내 테이블들은 오랫동안 사랑받아온 파리지앵의 식사 공간이다. 한 끼를 먹어도 제대로 된 곳에서 여유 있게 식사하길 좋아하는 파리지앵들이 남녀노소 가리지 않고 모여드는 곳이니, 조용히 커피만 마시고 싶다면 식사 시간을 피하는 게 좋다. 오후 4시쯤 들러 티타임을 하면 어떨까. 날씨가 쌀쌀할 땐 갸르송에게 우유 거품 소복한 카푸치노를 주문해보자. 달고 귀여운 하얀색 과자와 초콜릿을 곁들여 먹다보면, 어느새 몸과 마음이 사르르 녹아내린다. 유명한 카페답지 않게 갸르송 또한 아주 친절하니, 언제 가도 안심이 된다.

그리고 쿠폴을 찾은 사람이라면 절대 빠뜨려서는 안 될 볼거리가 하나 더 있다. 바로 안쪽 벽에 전시된 사진들. 이곳에 자주 들렀던 예술가들의 면면과 쿠폴의 역사가 그곳에 오롯이 담겨 있다. 지난 4월 쿠폴에 들렀을 때는 프랑스의 역사적인 조각가 니키 드 생 팔Niki de Saint Phalle: 퐁피두 옆의 조각 분수 작품으로 유명한 여성 조각가을 기념하는 사진전이 열렸다. 파리 어느 카페도 허술한 작품을 걸어두는 법이 없지만, 쿠폴의 드넓은 벽면에 걸린 작품들은 마치 유서 깊은 미술관에 간 듯 사람을 압도하는 데가 있다.

가본 사람은 안다. 이 당당한 위용의 카페에 들르지 않고, "파리 몽파르나스에 다녀왔다"고 말하는 게 얼마나 민망한 일인지!

••• La Coupole
102, boulevard du Montparnasse 75014 Paris
Ⓜ Vavin

사람 손으로 낸 물길이어서인지, 운하는 강이나 바다와는 전혀 다른 감상을 선사한다. 생 마르탱 운하와 서른 발자국 남짓한 거리의 오텔 뒤 노르는 그 인공의 정취와 퍽 어울리는 카페다.

Hôtel du Nord

오텔 뒤 노르

오텔 뒤 노르Hôtel du Nord. 호텔이 아닌 카페 이름이다. 영화 〈북호텔〉을 기억하는 사람도 있을 것이다. 바로 그 영화에 나왔던 것으로 유명한데, 입구 옆에 파리의 역사적인 장소임을 알리는 표지판이 세워져 있을 정도다. 카페 주인이 설명해준 바에 따르면, 외젠 다비Eugene Dabit (1898~1936)의 첫 소설 《*Hôtel du Nord*》는 1929년 출간되자마자 대중소설상le prix du roman populiste을 받으며 큰 인기를 모았다고 한다. 그러다 1936년에 마르셀 카르네Marcel Carné 감독이 이 소설을 원작으로 한 영화를 만들면서 더욱 유명해졌다. 당시엔 카페가 아니라 아랫층은 공연장, 윗층은 실제로 호텔이었다고. 소설은 그 호텔에 살던 사람들을 모델로 한 이야기란다.

프랑스에서는 호텔Hôtel이라는 단어가 숙박 시설만을 의미하지 않는다. 이곳에 오래 살다보니, 카페에 호텔이라는 단어가 붙는다는 사실이 이상하지 않다. 'Hôtel de Ville' 은 시청이라는 뜻이며, 미술관이나 관공서에도 호텔이라는 단어가 종종 붙는다.

그런데 왜 하필 이곳에서 영화를 찍었을까? 아마도 특별한 곳에 위치한 탓일 것이다. 파리에 간 사람이라면 누구나 들른다는 생 마르탱 운하와 불과 몇 발자국밖에 떨어지지 않은 곳에서, 카페는 조용히 사람들을 기다리고 있다.

나는 파리에서 산 지 몇 년이 지나도록 생 마르탱 운하에 가지 못했다. 공부를 하면서 해결해야 할 과제와 읽어야 할 책들이 매일 발등을 누르고 있어, 파리 시내 곳곳을 유람할 형편이 못 되었던 것이다. 그러던 어느날, 친구들이 우르르 집에 몰려왔다. 그중 플로렐이라는 친구가 갑자

유유히 시간의 강을 건너온 생 마르탱 운하 전경.

기 "카페 북호텔 알지?" 하며 얘기를 시작했다.

"어디라고?"

"생마르탱 운하라니까!"

그곳을 어지간히 좋아했는지, 그녀의 목소리가 올라갔다. 그때 가만히 기억을 더듬어보니, 내 주변 친구들은 유난히 생 마르탱 운하 얘기를 자주 했던 것 같다. 워낙 유명한 곳인지라 내가 그곳에 가보지 않았으리라고는 전혀 생각하지 않는 듯했다.

생 마르탱 운하에 가보았느냐고 친구들이 물어오면 나는 얼른 하던 얘기나 계속하라며 그 순간을 얼버무리곤 했고, 그때마다 피할 수 없는 숙제를 떠안은 기분이었다. 가봐야지, 내일이라도 당장 가야지, 하는 마음의 숙제. 솔직히 파리 지도(서울에 비해 얼마나 작은지 아담하다는 느낌조차 든다)를 펼쳐 운하를 찾아본 적은 있었다. 지도 속에선 별것도 아니었는데……. 하지만 플로렐이 목소리를 높여가며 이야기하는 카페가 대체 어떤 곳인지 정말로 궁금해졌다. 나는 슬그머니 혼자 그곳을 찾아갔다. 스스로 내켜서 가는 게 아니었던 터라, 내 발길은 거북이걸음마냥 느릿느릿했다.

이름도 생소한 자크 봉세르장Jacques Bonsergent 역에 내려 표지판을 보며 걸어갔다. 근처 길가엔 작은 카페 몇 개가 눈에 띈다. 겉은 초라하지만 어딘지 개성 있을 것 같은 이 카페들은 주로 저녁에 문을 연다.

역 근처의 길거리는 그다지 특별할 것이 없었지만, 갑자기 운하가 나

바가 있는 홀을 지나 계단을 올라가면 근사한 레스토랑이 펼쳐진다. 붉은 벨벳 커튼 뒤에도 꽤 넓은 공간이 숨겨져 있었다(왼쪽). 작은 테라스(오른쪽).

타나자 유유자적한 정취가 내 몸을 휘감았다. 내 상상 속에선 늘 볼품없는 모습이었는데, 눈앞에 나타난 생 마르탱 운하는 넓고 당당하고 운치 있었다. 한쪽엔 운하를 위에서 내려다보며 건널 수 있는 높은 구름다리가 있고 다른 쪽에는 운하를 바라보며 한가로이 앉아 있는 사람들……. 작은 다리를 건너서 카페 앞으로 갔다. 운하 안쪽, 즉 카페 건너편에 'Hôtel du Nord' 라는 표지판이 또 하나 보인다.

앞쪽 길이 좁아 넓은 테라스를 갖추지는 못했지만 운하 주변에 작은 공원들이 있어 경치가 기막히게 좋았다. 마치 오래된 수채화 속 풍경처럼. 카페 내부는 평범했는데, 영화와 관련된 몇 가지 사진이 벽에 붙어 있기는 하지만 그저 지난 시간을 기억하기 위해 정리해둔 것 같은 분위

카페 곳곳엔 〈북호텔〉 영화 포스터가 붙어 있다(왼쪽). 바를 사이에 두고 단골 손님과 주인이 오랫동안 대화를 나누는 모습은 파리에선 무척 흔하고 일상적이다(오른쪽).

기였다. 카페를 다니다보면 그곳의 개성은 외면이 아니라 오히려 내면에 있는 것 같다는 느낌이 들곤 하는데, 혹시 주인 때문일까. 그는 조용하고 조심스럽게 손님을 맞으며, 그들이 머뭇거리며 질문해올 때마다 진지하고 성실하게 대답해주곤 했다.

오는 사람 없이 썰렁하면 어쩌지? 나는 괜한 걱정이 들었다. 영화에 등장했던 명소이긴 하지만 파리에 카페가 좀 많은가? 시내 중심에서 떨어진 카페를 볼 때마다 나는 이런 생각을 했었다. 그런데 천만의 말씀, 점심시간에 가보면 자리가 없을 정도다.

파리의 카페들은 문닫을 걱정은 안 해도 될 것 같다. 파리지앵들의 생활은 카페로 시작해 카페로 끝이 나니까. 아침 출근길에 카페에 들러 바

카페 앞 길. 시내 곳곳에 자전거를 빌려 탈 수 있는 시설이 마련돼 있다.

앞에서 에스프레소를 마시고, 점심 땐 카페에서 식사를 하고, 저녁 때는 친구를 만나고……. 게다가 200만 정도인 파리 인구의 몇 배나 되는 관광객들이 든든한 지원군이 되어주지 않는가!

어쨌거나 마지못해 발을 디밀었던 그날 이후, 호젓하게 커피 한 잔을 마시고 싶을 때 나는 먼저 북호텔을 떠올렸다. 오래 전부터 알아온 듯한 친숙함. 땅거미가 질 무렵 혼자 앉아 시원한 맥주로 목을 축이기에도, 친구들과 왁자지껄 식사를 하기에도 좋은 곳이다.

옛날에 콘서트홀이었던 추억을 살려 지금도 가끔 특별한 밤이 마련되는데 DJ를 초청해 함께 음악을 듣기도 하고, 작은 공연이 열리기도 한다. 그런 밤이면 더 좋을 것이다. 생 마르탱 운하의 흔들리는 불빛에 마음까지 흔들리는 밤…….

고마워, 플로렐! 네가 나에게 면박을 주지 않았다면 이곳에 와보는 일이 없었을 거야.

••• Hôtel du Nord
102 quai de Jemmapes 75010 Paris
Ⓜ Republique or Ⓜ Jacques Bonsergent

어쩌면, 플로르의 고고한 위용에 눌려 들어가기가 망설여질 수도 있다.
하지만 그것을 극복하고 플로르에 들어갔다 나온 순간, 내가 정말 파리에 와 있구나, 하는 실감이 전해져오리라.

Café de Flore

카페 드 플로르

생 제르맹 데 프레Saint Germain des Pres 구역만큼 사람이 많으면서도 혼잡하지 않고 매력 있는 동네도 드물 것이다. 파리에서 '생 제르맹 데 프레'라고 하면 시내 한복판, 바로 생 제르맹 데 프레 교회를 중심으로 하는 건너편 대로변과 교회 뒤쪽에서 오데옹으로 이어지는 구역 그리고 센 강까지 연결되는 지역을 일컫는다. 넓게는 오데옹 주변에서 소르본 구역까지 포괄해 카르티에 라탱라틴 구역이라고 부르기도 한다. 이곳은 대학과 교회가 많아 어딘지 수준 있고 안정돼 있다는 인상을 풍긴다.

생 제르맹 데 프레 교회가 있는 사거리, 불바르 생 제르맹Boulevard Saint Germain에는 유명한 카페들이 여럿 모여 있는데, 그중 하나가 카페 드 플로르Café de Flore다. 이웃에는 카페 레 드 마고Les Deux Magots가 있고, 대로 건너편에는 브라스리 LIPPBrasserie LIPP가, 교회에서 광장 쪽으로 들어가면 카페 르 보나파르트Le Bonaparte가 있다.

카페들이 밀집해 있는 이곳 교회 앞 광장사르트르와 보봐르 광장은 벤치에 앉아서 그냥 바라보기만 해도 파리다운 멋스러움이 눈에 가득 들어오는 곳이다. 적당히 붐비는 사람들, 현대와 고전이 잘 어우러진 풍경, 골목골목 가득 숨겨진 볼거리까지.

나는 이곳 카페들을 볼 때마다 관광객들이나 찾는 곳이라고 생각했다. 이유를 알 수 없는 선입견에 휩싸여, 오랫동안 카페에 들어가길 주저했던 것이다. 플로르에 들어가보고 나서야 그것이 잘못된 생각이란 걸 깨달았다.

생 제르맹 데 프레 교회가 있는 사거리. 왼쪽에 보이는 녹색 테라스 카페가 레 드 마고다.

외국인보다는 단골로 보이는 파리지앵들이 훨씬 많았는데, 특히 나이 지긋한 손님들이 조용히 차를 마시고 신문을 읽는 모습이 인상적이었다. 그들이야말로 이 카페의 전통을 이어온 사람들일 것이다. 그런만큼 카페 분위기가 묵직하고, 어딘지 모르게 신뢰감이 들기도 했다. 그렇다고 해서 젊은 친구들이 그곳을 기피하는 것도 아니다. 파리 어느 카페를 가봐도 젊은이들이 많이 모인다고 어른들이 오지 않거나 하는 곳은 없다. 다양성을 존중하는 사회라는 사실이 한눈에 느껴진다.

생 제르맹 데 프레 뒷골목을 수없이 헤매면서도 소 닭보듯 했던 유명 카페에 가게 된 것은 친구 케빈 때문이었다. 그가 대뜸, "거기 있잖아, 교회 건너편에 있는 카페 드 플로르에서 보는 거 어때?" 하고 말했다. 기숙사 근처라 두 사람 다 골목길 구석구석을 잘 알고 있는데, 약속 장소가 광장의 카페라니! 뜻밖이었지만 장소에 대해서라면 난 대체로 상대방이 정하는대로 따라가는 편이니, 그냥 그러자고 했다.

오전이라 테라스에는 아직 자리가 많았다. 나는 앉자마자 커피와 크루아상croissant을 주문했다. 바구니에 가득 담겨 있는 크루아상을 보자 나도 모르게 입맛을 다셨다. 오후에 가면 갸르송이 주문을 받으러 오기까지 보통 한참을 기다려야 하는데, 한산한 시간이라 그런지 기다렸다는 듯 금방 다가온다파리의 카페엔 나이든 종업원들이 아주 많은데, 오늘날엔 그들을 '갸르송' 이라고 부르는 대신 그저 '므슈Monsieur' 라고 하거나 단골일 경우 친근하게 이름을 부르는 것이 보통이다. 그는 우아한 동작으로 내 테이블에 장자끄 상뻬의 그림이 그려진 종이를 척 깔아주곤 주문을 받았다. 이런 곳에서 상뻬의 스케치와 마주치다니! 종종 이런 호사를 누릴 수 있다는 게 파리의 매력이다.

윤기 도는 크루아상과 커피가 금방 도착했다. 커피는 잔이 아니라 포트에 담겨 나왔다. 천천히 따라 마시자 큰 잔으로 두 잔 분량쯤 되었다. 처음에 커피와 함께 나온 계산서를 보고는 '커피가 4.6유로라니, 역시 비싼 카페구나' 라고 생각했는데 따지고 보면 결코 비싼 게 아니다. 나처럼 아침에 양껏 커피를 마셔야 하루를 시작할 수 있는 사람들에겐 오히려 이득이다.

참, 프랑스에서는 특별히 다른 주문을 하지 않으면 커피가 언제나 작은 에스프레소 잔에 담겨 나온다. 그러나 "카페 알롱제café allongé 주세요." 하면 큰 잔에 덜 진한 커피를 내준다. 아메리칸 커피처럼 너무 연하지 않고, 적당한 편이다. 나도 알롱제를 주문했기 때문에 큰 잔으로 넉넉히 두 잔을 마실 수 있었다. 참고로, 값은 같으니 걱정할 건 없다.

파리에선 카페마다 크루아상 맛도 어찌나 다른지, 운이 좋으면 동네 작은 카페에서도 아주 맛있는 크루아상을 먹을 수 있다. 아침엔 주로 빵과 곁들여 커피를 마시기 때문에, 나는 크루아상이 맛있는 카페를 만나면 기억해두었다가 꼭 다시 들르곤 한다.

플로르의 크루아상은 굉장히 신선하고 맛있었다. 만일 좀더 든든한 식사가 필요하다면 카페와 똑같은 이름을 가진 크로크 므슈Croque Monsieur를 먹는 것도 좋다. 이 가게의 얼굴 마담이라는 것을 자랑하듯 '르 플로르Le Flore' 란 이름을 달고 있는 크로크 므슈는, 따뜻할 때 먹으면 진한 치즈와 고소한 햄이 녹아내릴 듯 입안에 부드럽게 퍼진다.

플로르에 가본 이후로 나는 생 제르맹 데 프레의 다른 유명 카페들에 대해서도 친근감이 생기기 시작했다. 막상 들어가보니 의외로 분위기가 그윽하고 가격 역시 부담스럽지 않았던 것이다. 오히려 이런 생각이 들기도 했다. '역시 전통 있고 사람들이 모이는 곳은 뭔가 다른 점이 있어.'

1900년대 초의 플로르(왼쪽)와 현재의 플로르. 나는 이곳에 가보고 나서야 비로소 전통 있는 카페에 대해 경외심을 갖기 시작했다.

세상 어디나 그렇지만.

혹시 파리의 토론문화를 두 눈으로 직접 확인하고 싶은가. 플로르에서는 매월 첫 번째 수요일 저녁 7시에 영어로 진행하는 철학토론 모임이 있다. 또 매월 마지막 화요일 저녁 8시엔 지정학에 대해 의견을 나누고 토론하는 모임이 열리고 있으니 한 번쯤 가보는 것도 좋을 것 같다.

••• Café de Flore
172 boulevard Saint Germain 75006 Paris
Ⓜ Saint Germain des Pres

이슬람 회당 안에 카페가 있다. 화사함과 경건함, 낯설음과 안락함이 사이 좋게 공존하는 곳….

La Mosquée

라 모스케

이름만으로도 이곳은 벌써 특별한 카페임을 알 수 있다. 정식 명칭은 'Le café Maure de la Mosquée de Paris' 지만 보통은 그냥 '모스케 mosquée' 카페라고 부른다. 사실 이곳 건물은 이슬람 회당이다. 정문의 회당 입구를 지나 건물 옆으로 돌아가면 카페와 레스토랑, 사우나 등으로 통하는 입구가 따로 있다. 밖에서 보면 카페 테라스가 먼저 보이므로 찾는 건 어렵지 않다. 정문이나 카페 입구 어디에도 특별한 간판은 없다. 회당 정문 벽을 따라 걷다가 코너를 돌기 직전에 위를 쳐다보면 아랍어로 된 아주 작은 표지판이 보일 뿐이다.

모스케는 그 근처에 도착하면 한눈에 알아볼 수 있을 정도로 규모가 큰 이슬람 건축물인데, 메트로 몽쥬Monge 역 부근에 사는 사람이라면 누구나 알고 있으니 길을 몰라 헤맬 걱정은 하지 않아도 된다.

이곳에 카페가 있다는 말을 처음 들었을 때 나는 바로 호기심이 생겼다. 분위기만으로도 특별할 것 같아서였다. 게다가 모두들 "라 모스케에 가봤어?"라며 이야기를 꺼내지 않는가. 학생 기숙사에는 언제나 아랍인 몇 명씩은 있었는데, 어느 학기엔가 옮겨간 기숙사에는 아예 절반 이상이 아랍 친구들이었다. 그래서 어느날 '당연하게' 그곳에 가게 되었다.

아랍 음식 중에서도 레바논 음식은 유난히 깔끔해 보이는데, 식성에 있어선 가히 코스모폴리탄인 내 입에 레바논 음식은 이상하리만치 잘 안 맞았다. 박하향은 좋지만 박하잎이 들어간 음식은 먹기가 쉽지 않았다. 하지만 식사를 할 것도 아니고 차와 과자를 먹는 것뿐이니까 문제 없겠

예배가 없는 날이라면 카페뿐 아니라 모스케 전체를 구경할 수도 있다. 입장료는 3유로.

지, 하는 마음으로 나는 레바논 · 시리아 친구들 몇 명과 함께 모스케에 갔다.

입구에서부터 진열장에 차려진 색색가지 다양한 과자들이 눈길을 사로잡았다. 과자를 주문하고 싶으면 그곳에서 고른 다음, 안쪽 살롱으로 들어가면 된다. 날씨가 따뜻할 때는 테라스에 앉는 것도 좋은데, 제법 넓은 테라스 한 구석에 자리를 잡고 앉아 독서를 하거나 박하차를 마시며 사색하는 사람들이 꽤 많다. 연신 종이에 담배를 말아 피우며 토론을 벌이는 학생들도 심심치 않게 만날 수 있다.

커피를 마셔도 특별한 분위기가 나지만 이곳의 주메뉴인 박하차는 꼭

모스케 주변은 사람들이 꽤 많은데도 굉장히 조용하다. 길도 넓어 산책하기 좋으니, 모스케에 갈 땐 여유 시간 넉넉하게 일정을 짜자.

맛보는 게 좋다. 갸르송들이 커다란 쟁반에 박하차가 담긴 작은 잔을 가득 얹어 수시로 들락거리니, 마시지 않을래야 않을 수도 없지만.

잠시 후 유리잔에 담긴 박하차와 과자접시가 둥그런 놋쇠 탁자 위에 도착했다. 그때서야, 들어설 때부터 무척 인상적이었던 특이한 실내를 두리번두리번 살펴보았다. 한쪽 벽면은 회당처럼 스테인드글라스 장식이 돼 있고, 나머지 벽면엔 회랑처럼 세워진 기둥들 사이로 벽화가 그려져 있었다. 기둥 또한 화려하고, 회랑엔 편안한 소파와 의자들을 놓아 전체 인테리어를 모로코 스타일로 꾸몄다. 살롱 내부가 그리 넓지 않은데 천장이 높기 때문인지 전체적으로 웅장해 보인다.

햇살 좋은 4월의 어느날, 수많은 사람들이 모스케 테라스에 앉아 햇빛을 즐기고 있었다. 이곳에선 자신과 동행자 외에도 작은 손님과 동석해야 한다. 아무리 손을 휘저어도 끈질기게 다가오는 이 불청객을, 파리지앵들은 신경 쓰지 않는 모양이다(위). 카페 모스케의 실내는 굉장히 화려하다. 아랍 스타일을 본격적으로 즐기고 싶다면 실내에서 식사를 하는 것도 괜찮다(아래).

오후에 가보면 여럿이 둘러앉아 토론을 하거나 공부하는 사람들이 많다. 근처에 파리 6, 7대학교가 있는데 그곳 학생들도 자주 들러 편안한 방석에 기대앉아 숙제를 하곤 한다. 그런데도 큰 소리 한 번 들리는 법이 없다. 다소 컴컴한 실내만큼이나 그곳은 늘 조용하고 차분했다.

오랜만에 혼자 모스케를 찾았던 이른 봄날, 문득 옆 테이블 사람들의 대화가 들려왔다. 영화를 만드는 사람들인 듯, 시나리오에 대해 토론을 하다가 촬영 장소로 화제가 흘러갔다. 누군가 이곳에서 영화를 찍고 싶다고 말을 꺼낸 것이다. 잠시 동안 그 사람들의 수다를 엿들으며 혼자 킥킥거리다 번쩍 정신이 들었다.

맙소사. 어느새 내 테이블에 손님이 와 있다. 엉뚱한 생각을 하느라 과자접시에 참새들이 몰려든 것도 몰랐던 것이다.

어디로 들어온 걸까? 파닥파닥 테이블을 옮겨다니는 저 불청객들은! 고개를 들어보니 참새는 천장 옆의 열린 창문으로 들어와 카페 실내를 바쁘게 날아다닌다. 나는 손을 들어 훠이훠이 참새들을 내쫓았다. 그런데 사람들은 과자만 축내는 꼬마 손님들을 태연하게 바라만 보고 있다. 참새와 사람들이 어울리는 모습을 본 게 대체 얼마만인지. 평화로운 시간이 모스케의 서늘한 공기와 함께 천천히 흘러갔다.

••• Le Café Maure de la Mosquée de Paris
39, rue Geoffroy-Saint-Hilaire 75005
Ⓜ Monge or Ⓜ Censier-Daubenton

Café Intello

2장 카페 인텔로

- 레 제디퇴르 Les Editeurs
- 르 카페 데 파르 Le café des Phares
- 라 벨 오르탕스 La Belle Hortense
- 라 로통드 드 라 뮈에트 La Rotonde de la Muette
- 로그르 아 플륌 L'ogre à Plumes

서점과 출판사들이 몰려 있는 오데옹 거리. 레 제디퇴르야말로 이 거리에 딱 어울리는 카페다.

Les Editeurs

레 제디퇴르

카페 이름이 '편집자들Les Editeurs' 이라니! 오데옹Odeon 거리를 그렇게 다녔는데 어떻게 이 카페를 못봤을까. 이름부터가 금방 눈에 띌 만한데. 게다가 카페 위치도 앞이 탁 트인 곳 아닌가.

'하긴, 내가 그렇게 파리를 구석구석 누비고 다닌 편은 아니지. 오데옹 구역을 다 아는 것도 아니고.'

카페 앞에서 나는 이렇게 혼자 반성이라도 하듯 중얼거렸다. 메트로 오데옹 역 건너편, UGC 당통UGC Danton 극장과 카페 당통Danton 옆 길, 바로 저만치 오데옹 극장이 보이는 그 길의 초입에서였다.

들어가보고는 싶은데 은근히 부담스러웠다. 창문 너머로 정장 차림에 머리가 희끗희끗한 신사 숙녀 여러분들이 앉아 있어 멤버십 클럽 같은 분위기도 풍기고, 어딘지 배타적인 무게감이 느껴졌다. 더군다나 손님들이 죄다 비즈니스 미팅 중인 듯해, 나는 갑자기 옷차림이 신경 쓰였다. 입구에 무겁게 드리워진 진청색의 긴 벨벳 커튼마저 나를 망설이게 했지만, 용기를 내어 '편집자들의 세계' 에 뛰어들었다.

밖에서 느끼던 것과 달리 실내 분위기는 아주 편안했다. 사각 테이블과 둥근 의자, 책으로 빽빽한 서가의 앙상블은 모던하지만, 막상 앉으니 오래된 도서관에 온 것 같은 편안함이 느껴졌다. 실제로 서가에 있는 책은 마음대로 꺼내 읽을 수 있다. 말하자면 이곳은 북카페로, 책을 읽거나 노트북을 켜놓고 일하는 손님들이 많다.

이제야 마음이 놓인다. 괜히 옷차림에 신경 썼네. 그저 열심히 사는 모

편집자들의 아침식사는 꽤나 푸짐하다. 특히 파리에서도 만나기 힘들 만큼 맛있는 이곳 크루아상은 꼭꼭 먹어봐야 한다.

습이 아름다운 건데 말이지.

뒤쪽에서 목소리가 들려왔다. 싸움이라도 하는 듯 두 사람이 속사포처럼 말을 쏟아냈다. 나이 지긋한 남자와 덩치 좋은 중년 여자 사이에는 원고 뭉치가 놓여 있었다. 어쩐지 심상치 않아 보이는 사이, 바로 작가와 편집자였다! 이곳과 딱 어울리는 사람들. '당연히 올 사람들이 왔네.'

오데옹은 서점과 출판사, 작은 전문 서점들이 밀집돼 있는 곳이니, 레 제디퇴르는 제자리를 찾은 셈이다. 알고 보니 이 카페는 알테르디alterdit와 몇몇 출판인들이 뜻을 모아 오픈한 것이라고 한다. 근처에서 일하는 출판 관계자들이 이곳의 단골 손님으로, 2층 살롱은 그들의 클럽으로 운영된다.

카페 상징인 책을 통과해 다가오는 갸르송의 이미지는 이곳과 너무나 잘 어울린다(왼쪽).

카페 벽을 빙 둘러 장식된 사진은 모두 유명 작가들출판사 악트 쉬드의 30주년 기념으로 그동안 찍은 작가들 사진을 장식해놓았다이라는데, 그래서인지 이곳에 오면 글을 쓰고 싶다. 글을 쓰다 유명한 편집자를 만날지 누가 알겠는가.

오데옹 한복판에서 카페 당통 옆 길은 누가 봐도 금방 눈에 띈다. 바로 그 길 초입 작은 광장을 향해 레 제디퇴르는 넓게 자리를 차지하고 있다. 묵직한 벨벳 커튼처럼 파리다운 카페를 느끼고 싶다면 오전 일찍 책 한 권 끼고 가서 여유로운 시간을 보내도 좋다. 9.5유로짜리 아침 메뉴를 주문하면 크루아상 하나, 팥 앙금이 들어 있는 빵 하나, 커피, 오렌지 주스가 나온다. 이곳 빵은 무척 쫄깃쫄깃하고 신선하니, 절대 커피만 마시고 일어나지 말 것!

이곳을 채우고 있는 건 책과, 책을 쓴 사람들의 사진과, 책을 만드는 사람들의 목소리다.

오랫 동안 이곳을 모르고 살았다는 사실이 억울해 직원에게 물었다.

"그런데 오래 전부터 있던 카페인가요?"

"70년까지는 아니고… 7년 정도 됐어요."

카페 직원이 농담하듯이 대답했다.

'그렇구나. 그러니 내가 못봤지!'

새로 생긴 카페니 못본 게 당연했다. 파리에서 7년이면 엊그제 생긴 거나 마찬가지다. 100년 된 카페에 비하면 말이다. 그동안 이곳을 몰랐던 이유를 충분히 납득했다는 듯이, 그리고 이 인상좋은 직원이 그걸 알아주길 바란다는 듯이 나는 고개를 끄덕끄덕 했다.

••• Les Editeurs
4 carrefour de l' Ôdeon 75006 Paris
Ⓜ Odeon

바스티유 광장의 시원한 전망과 철학토론을 동시에 즐길 수 있는 르 카페 데 파르.

Le Café des Phares

르 카페 데 파르

파리 카페들은 다양한 문화 행사를 열며 자신만의 특성과 전통을 확고히 다져왔다. 카페에서 즐길 수 있는 다양한 행사 가운데 파리에 가장 어울릴 만한 것으로, '카페 필로Café Philo' 문화가 있다. 카페에 모여 철학토론을 하는 것으로, 토론 주제를 카페에서 미리 고지하기 때문에 관심 있는 사람은 정해진 시간에 그곳에 가기만 하면 된다. 물론 주머니에 커피값 2유로 정도는 지참하고서.

고등학교 때부터 철학을 공부하며 바칼로레아대학입학 수능시험에서 철학논술을 해야 하고, 모든 사고의 논리가 철학의 기초 위에서 시작되는 프랑스인들에게 철학토론은 생활의 일부일 것이다. 프랑스인들은 일상에서도 쉽게 이렇게 말하곤 한다. "저 사람은 스피노지스트스피노자주의자인데, 이 사람은 카르테지앵데카르트주의자이거든."

르 카페 데 파르le café des phares는 바로 이 카페 필로의 원조다. 소르본의 철학 교수였던 마르크 소테Marc Sautet가 1992년 처음 이곳에서 토론을 시작한 것이 계기가 되어 카페 토론 문화가 여러 곳으로 확대되었다. 이곳에서는 매주 일요일 11시부터 13시까지 모임이 진행되는데, 처음 시작된 이후 지금까지 한 번도 거른 적이 없을 정도로 참여 열기가 뜨겁다.

이 카페는 바스티유Bastille 광장에 자리잡아 그야말로 앞이 탁 트인 시원한 전망을 즐길 수 있다. 오페라 바스티유 극장과는 광장을 사이에 두고 서로 마주선 모양이다. 광장을 중심으로 둥그렇게 카페들이 모인 이곳에는 젊음과 중후한 멋이 공존한다. 요란한 문신과 히피 차림을 한 젊

카페 건너편으로 보이는 오페라 극장(왼쪽)과 이곳이 바스티유 광장임을 알리는 표지(오른쪽).
햇볕 따뜻한 오후, 이 풍경을 바라볼 수 있다는 것만으로도 삶이 몇 배는 넉넉해지는 기분이다.

RUE
de la
BASTILLE
PLACE
de la
BASTILLE

철학토론을 하기 위해 모여든 사람들로 카페 데 파르의 갸르송들은 정신 없이 바빴다. 마이크를 잡고 있는 분이 사회자인 제라르 티시에 교수.

은 친구들도 철학토론장에서 흔히 만날 수 있는데, 토론 시간이 끝난 이후에도 진지한 대화를 이어가는 모습이 내게는 사뭇 신기했다.

이곳의 토론 문화는 연대 행동을 자극하기보다 함께 성찰하는 분위기를 이끌어내고 있다는 평을 듣는다. 토론 주제도 노동문제, 페미니즘, 민주주의 등 지극히 현실적이고 넓은 저변에 걸쳐 있는 내용들을 선택하는 경우가 많다. 하지만 관심 계층이 상대적으로 적은 특별한 주제들도 결코 놓치지 않는다. 예를 들어 '인간의 정신적인 고독과 결핍' 같은 문제도 주제로 오르는 것이다.

철학토론을 하는 카페지만 특별한 사람들만 드나든다거나 유난스럽게 가라앉은 분위기는 전혀 아니다. 테라스에 앉아 있는 사람들을 보아도 파리의 다른 카페들처럼 시장바구니를 들고 나온 아저씨들이 많다.

철학토론을 하는 곳이라고 하면 막연히 딱딱한 분위기일 것 같지만, 이곳은 오히려 퇴근 후에 마음 편히 맥주 한 잔 하러 들르는 단골 술집 같은 분위기다.

파리 사람들에게 카페는 시장에 가다가, 출근하는 길에, 심심해서 사람들과 함께 수다나 좀 떨기 위해, 그렇게 오다가다 들르는 생활의 일부분이다. 그래서 혼자 오는 사람들이 많다. 바에 서서 맥주 한 잔 홀짝, 에스프레소는 한 입에 털어넣는 속도로 마시고 그들은 금방 떠난다.

"자, 좋은 하루 되세요."

"좋은 오후 보내세요."

구청이 있는 곳이나 유명한 건물이 위치한 사거리의 네 모퉁이를 카페가 모두 차지하기도 하는 건 파리에서 아주 흔한 풍경이다. 파리처럼 카페가 많은 곳이 또 있을까. 열 걸음마다, 아니 연달아 카페가 계속 있는 곳도 많다. 내가 살던 3구 구청 지역도 그랬다. 길 양쪽으로 모두 열 개

정도가 나란히 있는데, 나는 그중 가장 작고 소박한 카페를 선택해 들르곤 했다. 왠지 그곳은 장사가 잘 안 될 것 같아서였다. 게다가 주인 프레데릭은 항상 싱글벙글, 못생긴 이를 다 드러내며 반기는 사람으로 유명하다.

"어때 오늘은?"

내가 자기 친구라도 되는 양 그는 내 등을 토닥토닥 두드리며 물었다. 온 동네 사람들의 형님같은, 부지런한 프레데릭은 알코올중독자건 말 많은 영감이건 언제나 한결같이 대한다. 매번 아침에만 들르던 프레데릭의 카페에 한번은 낮에 간 적이 있었다. 마침 일주일에 두 번 열리는 노점시장으로 주변은 인산인해를 이뤘다. 그런데 이상하다! 카페가 안 보이는 것이다. 워낙 간판이 있는 둥 마는 둥 하지만 그렇다고 해도 이렇게 안 보일 리는 없는데……. 손에 잔을 들고 몰려 있는 사람들 속에서 나는 카페 입구를 찾지 못해 이리저리 허둥댔다. 그러다 문득 깨달았다. 이런 바보 같으니라구! 거기가 바로 카페 앞이었던 것이다. 카페 안을 들여다보니 그곳에도 자리가 없었다.

남의 사업 걱정은 왜 했을까? 프레데릭은 잘나가는 카페 주인이었다. 말하자면 그는 자기 방식으로 단골들을 확보하고 있었다. 화려함과 소박함은 비교의 문제가 아니라 개성의 문제인가보다. 유혹의 관점 역시 각자에게 다른 것이다.

그러니까 데 파르도 그런 분위기를 좋아하는 사람들이 오게 마련이다. 다양한 사람들이 이 카페를 드나들지만, 젊은이들보다는 40~50대가 더 많다. 그야말로 '실망하지 않기 위한 최선의 삶' 을 찾기 위해, 또는 '함께 생각하고 찾는 삶의 의미' 를 위해 열심히 모여드는 사람들이다. 카페는 커피나 맥주 한 잔을 마시며 일요일 오전을 철학토론으로 보내려는 사람들로 가득하다. 햇빛이라도 좋은 날 자리를 차지하려면 작심하고 일찍 가야 한다.

1998년에 세상을 떠난 마르크 소테Marc Sautet 교수에 뒤이어 지금은 제라르 티시에Gerard Tissier 교수가 토론을 이끌고 있는데, 매월 첫주 목요일 저녁 7시에는 국제지정학 문제에 대한 토론 모임을 따로 개최한다.

철학적 테마가 심각해 마음이 좀 무거워졌다 싶으면 카페 뒷길로 들어가 생 폴Saint Paul 구역까지 걸어가도 좋다. 파리에 살면서도 한동안 그 구역에 전혀 가보지 않고 지냈다. 그곳이 얼마나 활기차고 매력있는 곳인지 나중에야 알게 된 나, 그 거리를 많이 탐냈었다. 그곳에 방을 하나 얻고 싶을 정도로!

••• Le café des Phares
7 place de la Bastille 75004 Paris
Ⓜ Bastille

파리에서도 가장 붐비는 동네 중 하나인 마레 지역. 사람들과 어깨를 스치며 걷다보면 서점인지 선술집인지 모를 파란 색 카페가 하나 나타난다.

La Belle Hortense

라 벨 오르탕스

바스티유Bastille에서 생 폴 쪽으로 가다보면 볼거리도 많고 활력이 넘친다. 그런데 거기보다 더 젊고 재미있는 곳은 보쥬Bosges 광장을 지나 오텔 드 빌Hôtel de Ville: 시청 구역으로 이어지는 길이다. 시청 건너편의 특색 있는 백화점인 BHV 뒤쪽으로 들어가면서 시작되는 일명 '마레Marais' 지역. 파리에서도 중심부에 속하는 이 구역은 오랜 세월을 거쳐 제대로 형성된 듯한 분위기가 한눈에 느껴진다.

아르쉬브 거리rue des Archives 혹은 비유 뒤 탕플 거리rue Vieille du Temple로 들어가면 두 길 모두 초입부터 카페들이 즐비하다. 아르쉬브 길에 좀더 모던한 카페들이 많은 반면, 비유 뒤 탕플 길에는 그야말로 오래되고 파리다운 카페들이 모여 있다. 얼마전부터 스타벅스도 들어와 있는데, 모던 카페 구역에 문을 열었다. 얼마나 다행스런 일인지. 파리를 지키는 사람이라도 되는 양 나는 혼자 속으로 그런 생각을 했다. 물론 여기 사람들도 그걸 감안했을 것이다. 그렇지 않다면 파리가 아니지.

일 마친 후 저녁마다 카페에 들르는 내 친구들은 이 동네 말고 다른 곳은 아예 갈 생각조차 하지 않는다. 마치 파리에 다른 카페는 없다는 듯. 나는 이 동네에 살지도 않으면서 그들에게 이끌려 매번 원정을 와야 했다. 파리가 작다는 게 다행이라면 다행이었다굳이 비교를 해본다면 파리는 서울 면적의 4분의 1 정도다. 여하튼 그들 덕에 이 마레 지역을 알게 되었다. 아니 배우게 되었다고 하는 것이 정확할까.

젊은 녀석들이라 그런지 클래식 카페 구역보다는 모던 카페 쪽을 더 좋아했다. 그런데 이름도 특이한 길렝이라는 친구는 항상 한 곳에서만 만나자고 했다. 그것도 가장 분위기 없고, 한쪽에서는 '삐익—, 쿵쾅' 축구게임 기계가 시끄럽게 울려대는 그 카페에서 말이다.

"다른 카페들도 많은데 왜 항상 이곳이야?"

"처음부터 이곳에서 만나기 시작했으니까."

"그럼 바꿀 수도 있겠네."

"생각을 안 해봤지."

"그게 아닌 것 같은데… 왜, 다른 데는 질투할 일이라도 있어?"

이 친구가 동성애자이기 때문에 나는 종종 이런 식으로 놀려대곤 했다. 그러면 친구는 그냥 웃을 뿐, 오히려 자신에게 관심을 가져준다는 의미로 받아들인다. 내 친한 친구들 중에는 동성애자들이 여럿 있다. 동성애자에 대한 호기심이라기보다 인간에 대한 관심이 자연스럽게 친구 사이를 만들었으니, 선택의 문제가 아니었던 것이다.

사실 마레 지역은 동성애자들에게는 유명한 곳이다. 당연히 매력적인 남자들도 많다. 모던 카페 길에는 저녁에만 문을 여는 바나 동성애자들이 '가장 사랑하는' 카페들이 여러 군데 있다. 이런 카페들은 밤이면 밤마다 남자들로만 가득한 풍경이 연출된다. 한번은 이성애자인 남자 친구가 그곳 광경을 보다가 갑자기 꺼억 소리를 내질렀다.

"남자들만 있다니, 저게 뭐야 도대체!"

프랑스에서 이성애자들은 식탁이든 어디든 남녀가 섞여 앉는 걸 당연하게 생각하니까.

물론 남녀 동성애자들이 같이 모여드는 카페도 많다. 흥미로운 건 그런 분위기에도 아랑곳 없이 근처 직장인들이 이 카페에 단체로 온다는 사실이다. 이 사람들의 자유분방에는 도저히 따라갈 수 없다.

길렝을 따라 동성애자 바에 가끔 가곤 했는데, 그곳에서 만난 사람들은 하나같이 친절했다. 옆 좌석 사람들과도 금방 얘기를 나눌 수 있고, 친구의 친구, 그 친구의 친구와 어울리는 식으로 무척 사교적인 분위기가 공간 전체에 녹아 있다. 나는 점차 이곳 카페에서만 느낄 수 있는 인간적인 냄새, 이상한 매력들을 좋아하게 되었다. 하지만 다른 곳을 구경하고 싶은 욕심이 슬몃 고개를 쳐든다.

'왜 다른 카페에 가지 않는 걸까. 그냥 지나치면서 봐도 유혹적인 카페들이 꽤 많은데.'

이런 생각을 하며 나는 혼자 옆 길로 들어섰다. 비유 뒤 탕플에 들어서면 제대로 마레 지역을 보는 것 같다. 파리다운 카페들이 한 블럭 전체를 차지하고 있다. '철학자들' '천장에 있는 의자' '친구와의 만남' '말의 편자' '잃어버린 별' '그 카페'……. 개성 넘치는 이름의 수많은 카페들.

그중 내 눈을 사로잡은 곳은 라 벨 오르탕스La Belle Hortense였다. 입구도 작은 데다 낮에는 닫혀 있는 파란색 카페. 근처에서 일을 보다가 오픈시간인 오후 5시에 갔다. 가끔 밤에 지나가면서 보면 사람들이 모두 서 있어서 나는 그곳이 서점이나 갤러리인 줄 알았다. 작은 홀의 벽면 전체가 서가로 이루어져 있기 때문이다. 들어서자마자 사람들이 서 있던 이유를 알았다. 홀에는 탁자가 없고 바 둘레로 작은 의자만 서너 개 놓여 있었다. 서가 아래에 와인병을 눕혀서 가득 채워둔 모양이 사랑스러웠다.

예술서가 잔뜩 꽂힌 작은 복도를 지나 안쪽으로 들어가면 별천지. 시끌시끌한 홀과 복도로 연결된, 묘하게 고요한 방이다.

바에서는 예쁜 아가씨가 혼자 일을 하고 있었다. 한 여자가 들어와 와인을 두 병 사갔다. 지난번 이곳에서 산 와인이 아주 좋았다면서 다시 들른 것이다. 혹시 모르니 다시 시음을 해보라며 바의 아가씨가 친절히 한 잔을 따라주었다. 와인 병 따는 폼새가 수준급이다. 그녀의 정확한 동작과 리듬에 맞춰 코르크는 이미 수백, 어쩌면 수천 개쯤 와인 병을 떠났겠지.

홀에서 안쪽으로 눈을 돌리면 다락방처럼 나무로 얼기설기(사실은 용의주도하게) 고풍스럽게 장식된 아주 좁은 복도가 나타난다. 그 좁은 복도에도 가득가득 책과 엽서가 꽂혀 있다. 키 큰 사람은 머리가 부딪힐지도

연두색 벽에 걸린 그림 외에도 아래엔 와인을 보관하고 위엔 책을 꽂아두는 특이한 책장까지, 이 자그마한 방에 구경할 게 얼마나 많은지!

모르니 조심해야 한다. 그곳을 지나고 나니, 탁자와 의자가 놓인 작은 홀이 나타났다. 그곳도 한쪽 벽은 서가로 돼 있지만 다른 벽엔 그림이 걸려 있다. 작은 응접실 같은 분위기. 그곳은 갤러리로도 이용되는데 매월 전시하는 작품이 바뀐다고 한다. 이곳에서는 홀에서 아무리 많은 사람들이 웅성거려도 조용히 독서를 할 수 있을 것 같았다. 작은 규모지만 서점을 겸하고 있으므로, 어떤 책이든 볼 수도 있고 살 수도 있다.

이 카페가 유명한 건 독특한 분위기 때문만은 아니다. 매월 한 번, 수요일에 작가를 초대해 토론을 하거나 사인회를 개최한다. 파리엔 철학토

사진을 찍어도 되겠냐고 했더니 포즈는 취해주지 않을 테니 일하는 동안 자연스럽게 사진을 찍으라는 그녀, 와인 코르크를 따는 모습이 꼭 춤동작처럼 경쾌하다.

론을 하는 카페도 있지만 문학토론을 하는 카페도 여러 곳 있다. 그중 대표적인 카페가 이곳인 셈이다. 바로 건너편 카페 레 필로소프Les Philosophes: 철학자들나 라 셰즈 오 플라퐁La Chaise au Plafond: 천장에 있는 의자 카페에 가도 라 벨 오르탕스에서 하는 문학토론 포스터가 미리 붙어 있다.

'이 동네는 참 인심도 좋네! 다른 카페에서 하는 일을 내 일처럼 도와주고. 협동조합이라도 있는 걸까?'

의아해하던 나, 오래지 않아 궁금증을 해소할 수 있었다. 바로 라 벨 오르탕스 주인과 다른 두 카페 주인이 동일인인 것이다!

'그러면 그렇지!'

사실을 말하면, 이 사람은 이 동네에만 무려 다섯 개의 카페를 가진 남자다! 이 남자, 세상에서 가장 행복한 이 중 하나가 아닐까? 이렇게 멋진 카페를 파리 한복판에 다섯 개씩이나 가지고 있으니.

라 벨 오르탕스는 평일엔 저녁 5시부터, 주말엔 오후 1시부터 문을 연다. 해질녘, 가볍게 와인 한 잔 하고 싶다면 빵 위에 치즈나 햄을 얹은 안주(와인 한 잔 마시기에 딱 적당한 양에, 값도 저렴하다)와 함께 바에 서서 마시는 것도 괜찮다. 바에는 혼자 온 사람들이 많으므로, 술을 마시며 부담 없이 대화를 해볼 수도 있다. 알고 보면 그들은 화가이거나 문학인, 외국인 평론가일 때가 종종 있다.

••• La Belle Hortense
31 rue Vieille du Temple 75004 Paris
Ⓜ Saint Paul or Ⓜ Hôtel de Ville

블로뉴 숲으로 가는 길 어느 모퉁이에 자리한 라 로통드 드 라 뮈에트.

La Rotonde de la Muette

라 로통드 드 라 뮈에트

메트로 파시Passy 역에서 내려 파시 거리rue de Passy를 따라 블로뉴 숲까지 이어지는 길은 파리의 어느 곳보다도 차분하고 유쾌한 동네다. 깨끗하고 볼 만한 가게들이 많으며 안정돼 있다는 인상을 준다. 파시 플라자 쇼핑몰을 비롯해 고급 구두점, 오래된 초콜릿 가게, 명품 매장, 영화관에 재래식 시장까지……. 조금만 더 가면 파리에서도 가장 아름다운 블로뉴 숲이 이어지고, 초입에 큰 백화점도 있으니 이쯤 되면 파리의 다른 곳에 안 가도 아쉬울 게 없을 정도다. 어쩌면 이곳 주민들은 늘 그렇게 살지도 모른다. 관광객으로 북적일 만한 곳은 결코 아니지만 산책 삼아 파시 거리를 둘러보는 것도 여행자들에겐 색다른 즐거움일 테다.

운 좋게도, 파리에서도 가장 집값이 비싸다는 이곳에서 나는 일년 동안 산 적이 있었다. 친구가 방을 세놓고 남미로 간 덕이었다. 그런데 이 동네, 조용하긴 하지만 엄청나게 깐깐하다. 엘리베이터 앞에서 이웃들을 만나면 노신사가 "마담!"('봉주르' 보다 더 격식 있는 인사) 하고 인사를 건네는데, 그가 정중하긴 하지만 무척 까탈스러운 사람이라는 사실은 표정만 봐도 알게 된다. 같은 아파트에서만 20~30년을 살다보면 이웃집 수돗물 소리까지 신경에 거슬리고 짜증이 나는 법. 그것까지는 어쩔 수 없지만 온 동네가 자기 집인 것처럼 호통을 쳐댈 때는 조금 골치가 아파온다. 그렇지 않아도 숙제 때문에 머리가 지끈거리는데, 이웃의 잔소리까지 들어야 하다니.

그럴 때는 과제물을 싸들고 슬그머니 밖으로 나가곤 했다. 파시 거리를 골목골목 기웃거리다 보면 머릿속을 잠시 비울 수 있었다. 그러다 갑자기 탁 트인 사거리(사실은 육거리나 칠거리)가 나오고 왼쪽으로 숲자락이 비치기 시작하면 내 발길은 자연스레 그쪽으로 향했다. 잔디밭과 작은 공원들이 시작되는 곳에 카페들이 몇 개 나란히 붙어 있었는데, 그중에서도 공원 가장 가까이에 있는 라 로통드 드 라 뮈에트La Rotonde de la Muette가 마음에 끌렸다.

커다란 창문과 멋진 테라스가 눈에 띄는 길 모퉁이 카페. 이사를 온 후 동네를 한 바퀴 시찰할 때 이미 점찍어둔 곳이었지만, 나는 지나가다 우연히 들렀다는 듯 털썩 창가 쪽에 가서 앉았다. 그런데 숙제를 하기에는 너무 어둡지 않은가. 게다가 소파는 짙은 청색과 붉은색 벨벳으로 덮여 있고, 한쪽 작은 살롱은 격식이 흘러넘쳤다. 그렇게 잠시 시간이 지나자 눈이 어둠에 익숙해졌다. 그래서 계획대로 머리를 쥐어짜며 숙제를 하기 시작했다. 그때 그 숙제는 내가 가장 좋은 점수를 받은 숙제가 되었다. 이 카페는 넓은 데다 인테리어 요소가 다양해 한 곳에서 여러 가지 분위기를 즐길 수 있다. 어둡지만 않으면 친구들과 숙제하기에 좋은 길다란 소파도 있고!

한참 숙제를 하다가 눈을 들어보니 벽에 뭔가가 붙어 있었다. 테마가 철학인지 문학인지 기억이 확실치 않지만, 토론 모임 안내였다. 그게 벌써 10년 전 즈음의 일이다. 그때만 해도 카페 필로에 대해 잘 알지 못했던 터라 나는 무심히 보고 넘겼다. 하지만 마음 한 구석엔 '그 사건'이 강하게 남아 있었는지, 그후 로통드 드 라 뮈에트에 갈 때마다 그때 보았던

파시 역 전경.

이곳엔 다채로운 색깔들이 위화감 없이 어울려 있다. 색채의 조화와 기품이 진하게 느껴지는 공간.

토론 모임 안내글이 가장 먼저 떠오르곤 했다.

나중에 알고보니 이 카페는 매월 첫 수요일 저녁에 철학토론 모임을 열고 있었다. 사회는 라파엘 프루덴시오 Raphael Prudencio 현대문학 교수가 맡고 있으며 삶과 죽음, 역사의 의미와 도덕 등 폭넓은 테마를 다루고 있다. 그날이 되면, 블로뉴 숲으로 가는 마차행렬 대신 유행에 상관없는 옷차림을 하고 천천히 걸어오는 마담, 므슈들을 볼 수 있었다. 카페에서 철학토론을 시작한 이후 격조 높은 이곳 주민들은 더 행복해졌을까? 아름다운 자연과 더불어 정신의 영양분을 찾을 수 있게 됐으니 말이다.

더 가까운 메트로 역은 라 뮈에트 La Muette 인데, 밖으로 나와 시원한 곳으로 눈을 돌리면 카페가 바로 보인다. 카페 바로 앞에 'La Gare정거장, 역' 라고 씌어진 작은 건물이 하나 외따로 서 있는데, 건물 모양새가 정말 역처럼 보인다. 진짜 역은 아니고 레스토랑인데, 어쩌면 예전에 근교로 가는 철도역이었던 자리를 레스토랑으로 개조한 것인지도 모르겠다. 하기는 예전에 공장이었던 자리에 기계를 그대로 놔둔 채 카페를 만든 곳도 있으니 얼마든지 가능한 일이다. 다음에 가면 이 레스토랑에서 식사라도 하면서 궁금증을 해결해봐야지.

••• La Rotonde de la Muette
12 chauseé de la Muette 75016
Ⓜ La Muette

두 개로 나뉜 붉은 색 방, 분명히 하나의 카페인데 두 방을 연결하는 통로가 없어 어찌 보면 호텔 객실 같기도 하다. 자, 오늘은 어느 곳에 들어가볼까?

L' Ogre à Plumes

로그르 아 플륌

파리에서 여러 해 살면서도 레퓌블리크République 쪽에 이토록 개성 있는 카페들이 많은 줄 몰랐었다. 레퓌블리크는 시내 중심에서 약간 동쪽에 있는 구역으로 지하철 역 규모가 가장 큰 곳 중 하나다.

내가 "나 사실은 카페 좋아해." 하고 솔직히 말하지 않았더라면 내 친구들은 아무런 얘기도 해주지 않았을 것이다. 그들은 나를 학교 도서관에 앉아 책에 코를 박고 하루를 보내는 고리타분한 답답쟁이로 생각했던 것 같다. 저녁이면 가끔 '누구누구'랑 바에 가서 혼자 잔뜩 바람드는 줄은 모르고.

"얌전한 고양이가 부뚜막에 먼저 올라간다는 거 몰라? 밤에 너희들끼리만 놀러다니지 말고 나한테도 재밌는 얘기 좀 해주고 그래."

기껏 그렇게 얘기해봐야 친구들은 평범한 바 얘기만 들려주곤 했다.

그 바는 늘 단골들이 참새처럼 드나드는 곳으로 얌전한 남자들만 골라놓은 것처럼 수줍고 조용한 분위기가 있었다. 대신, 요란한 테크노 음악이 연인들 사이를 더 바짝 끌어당기는(말소리가 잘 안들리기 때문에) 그런 곳이었다.

으레 그렇듯이 친구 좋아하는 롤랑이 수와레soirée: 저녁 모임를 벌이면 모두들 와인을 한두 병씩 사들고 열심히 모여들었다.

'프랑스 사람들은 뭘 사야 하나 고민할 일 없어서 좋겠다. 와인이면 만사 오케이, 싫다는 하나 사람 없으니.'

물론 들고 오는 걸로 끝나지 않는다. 대개는 사온 걸 모두 마시게 된

왼쪽으로 보이는 붉은색 건물이 로트르 카페다. 이 좁은 길을 쭉 걸어오다 로트르 건물을 오른쪽에 두고 정면을 바라보면 로그르 아 플륌을 만날 수 있다.

다. 말하자면 사람 숫자대로 한 병씩 마시는 셈. 많은 것 같아도 그렇지 않다. 식사 전부터 마시기 시작해 식사 후 담배, 잠시 쉬다가 치즈 타임, 이 모든 과정이 와인과 함께 진행되기 때문이다. 그런데도 와인을 마시고 취한 사람을 본 적이 없다.

한번은 롤랑 집에 단골로 오는 요란한 이탈리아 친구 지안 피에로, 프랑스 식으로 쟝 피에르가 건성으로 소리쳤다.

"오베르캉프 Oberkampf 쪽이나 파르망티에 Parmentier 에 가면 카페 많지 않아?"

"길 이름이 뭐지?"

"음, 모르겠어. 하지만 메트로에서 안 멀어."

길 이름을 모르긴 롤랑도 마찬가지였다.

"맞아, 그 동네 괜찮은 카페 꽤 있어."

"이름이 뭔데?"

"뭐더라……."

목 마른 사람이 우물 찾는다고, 나는 그냥 지도를 펼쳐놓고 장 피에르 탱보Jean Pierre Timbaud 길을 따라 걷기 시작했다. 이름도 생소한 데다 길이 무척 길다. 한참을 걷다보니 유대인들이 많이 눈에 띄었다. 검정색 정장 차림에 큰 모자를 쓴 젊은 유대인들. 나도 그들처럼 걸음을 재촉해 대로를 건넜다. 바로 오른쪽에 '로트르 카페L' Autre Café' 라는 간판이 눈에 띄었다. '다른 카페' 라…….

'프랑스 사람들, 하여간 남들과 똑같은 건 엄청 싫어한다니까!'

그런데 바로 그 건너편에 또 하나 눈길을 멈춰세우는 '수상한' 카페가 보였다. 자그마하게 돌출된 간판에는 보일 듯 말 듯 '문학 카페' 라고 적혀 있었다.

게다가 카페 이름도 특이하다. 로그르 아 플륌L'ogre à plumes '게걸스러운 펜' 이라고 부르면 될까. 이곳에 앉아 있으면 글이 저절로 씌어진다는 뜻일까? 펜이 게걸스럽게 글을 먹어대는 모습을 상상하자 피식, 웃음이

카페 디자인의 모토는, '픽션' 이다. 자전거가 천장에 붙어 있고, 책도, 지팡이도…….

나왔다.

그런데 여유도 잠시, 눈앞에 난관이 나타났다. 나란히 붙은 문 두 개 중 어디로 들어가야 맞는 건지 도무지 알 수가 없었다. 분명히 카페 간판은 하나뿐인데, 각각의 문들은 독립된 공간으로 나를 안내했다.

일단 어디든 한 쪽을 택해야겠다는 생각에 왼쪽 방으로 들어섰다. 나이 지긋한 신사가 독서를 하다 나를 힐끗 쳐다보더니 다시 눈길을 거두었다. 다른 두 젊은 친구는 머리를 맞대고 숙제를 하는지 졸고 있는지 나에겐 전혀 관심이 없고, 주인은 보이지 않았다. 나는 조용히 한쪽에 앉았다. 한참이 지나도 아무도 다가오지 않았다.

옆 방은 어떻게 생겼을까? 궁금해진 나는 슬쩍 일어서서 그쪽으로 가봤다. 두 사람이 토론을 하는 와중에 한쪽에선 몇 사람이 독서 삼매경에 빠져 있었다. 역시 주인은 없고, 아무도 내 곁으로 오지 않았다. 잠시 후 나는 또다시 옆 방으로 갔다. 아니, 저쪽 방에 있는 게 나을까. 다시 옆 방으로…….

이 방 저 방 순례만 하다 심심해진 나는 커피도 마시지 않고 그곳을 나왔다. 아무도 내다보지 않는, 손님 접대엔 영 꽝인 곳이었지만 마음은 이미 '다른 날 다시 와야지.' 하고 속삭였다.

카페 한쪽 구석엔 비밀 계단이 있다.

그 계단을 조심스럽게 내려가면, 놀랍게도 작은 극장이 나온다.

오랫동안, 나는 묘하게 평화롭던 그 공간을 잊을 수 없었다. 언제였더라. 수첩에 적어놓았던 작품 낭독일을 확인한 후 나는 다시 그 '게걸스러운 펜' 으로 갔다. 한 시간이나 일찍 도착했는데, 빈자리가 없었다. 밖에서 기다리는 사람들도 꽤 눈에 띄었다. 20대부터 70대쯤, 어쩌면 80대일지도 모르는 노인까지 다양한 연령이 모여 서로 인사를 나누고 있었다. 나는 그때 처음 주인을 만났다. 아주 느긋하고 사람을 편하게 해주는 인상의 중년 여성이었다.

주문을 받을 때도 그녀는 탁자에 몸을 기울여 정성스럽게 물었다. 잠시 후 옆 테이블의 주문 내용이 잘못 전달됐는지 그녀가 서둘러 주방으로 돌아갔다. 그러자 뒤에서 손님이 외쳤다. "안 바꿔도 되겠어요. 정말이에요."

예정된 시각이 10분쯤 지났을 때, 주인이 손님들에게 알렸다.

"자, 이제 밑으로 내려가실까요?"

그러자 모두들 지하로 내려갔다. 좁은 계단을 내려가니, 놀랍게도 연극 무대처럼 꾸며진 방이 나타났다. 낭독자는 무대에 서고 사람들은 모두 의자에 앉았다. 무대에 조명이 비춰지고 객석은 어두워졌다. 효과음악을 넣어주는 사람이 뒤쪽에 앉아 이따금 악기를 두드렸다. 그는 문학작품을 읽어주는, 말 그대로 '책 읽어주는 남자' 였다. 그가 정확한 발음으로 읽어주는 이야기를 듣고 있자니, 우습게도 그의 유창한 프랑스어 실력에 질투가 느껴졌다(물론 그는 프랑스인이다!). 때때로 유머와 제스처를 곁들일 때 그는 연극배우 같기도 했다. 프랑스에는 이런 직업을 가진 사람들이 꽤 많다. 혼자 책을 읽는 것도 좋지만 문학을 '들어보는' 일도 꽤 흥미로웠다. 만일 시나 희곡이었다면 읽는 것과 듣는 것의 차이는 몇 배로 커졌으리라.

몇 번 들르다 알게 됐는데, 이곳은 세 사람이 공동으로 운영하는 카페다. 모두 연극배우들로 직접 책 읽어주는 여자, 남자를 맡기도 한다. 문화에 대한 열정을 실천하고자 세 친구가 2006년에 오픈한 이곳은 조용한 그들의 스타일처럼 어느새 이 동네에서 조용히 자리를 잡아가고 있는 분위기다. 입구가 두 개라 재미있다고 했더니 비가 오면 손님이 주문한 음식을 나를 때 영 곤란하다며, 올 여름에 두 공간을 하나로 트는 공사를 할 거라고 여주인이 귀띔해줬다.

••• L' Ogre à Plumes
51 Jean Pierre Timbaud 75011
Ⓜ Parmentier

Café Musique

3장 카페 뮤직

- 셰 아델 Chez Adel
- 오 샤 느와르 Au Chat Noir

오래된 간판을 제대로 보수하지 않아 글자들이 떨어져나갔지만, 여기는 세계의 음악가들이 몰려드는 카페, 셰 아델이다.

Chez Adel

셰 아델

"봉주르 므슈. 아니 봉수와가 맞겠네요. 봉수와 아델."

오후 5시가 안 됐는데도 겨울이라 벌써 어둑하다. 나는 괜히 머쓱해져 저녁 인사로 바꿨다.

"아, 그래요. 어서 오세요."

"카페 이름이 아델아니, 당신이 분명 아델이겠죠?"

"하하, 맞습니다."

아델의 얼굴 가득 미소가 번진다. 카페에 오는 이들과 건네는 인사 하나하나가 그저 행복한 사람…….

"그런데 이 카페가 왜 그렇게 유명한 건가요?"

나는 바에 걸터앉으며 처음 보는 아델에게 다짜고짜 그렇게 물었다. 눈이 감길 정도로 그의 얼굴 가득 미소가 다시 차올랐다.

아델의 카페는 특히나 내가 좋아하는 생 마르탱 운하 근처에 있는데 주변 분위기와 어울려 파리에서도 또 다른 세계에 온 듯, 이국적인 느낌이 드는 곳이다. 길 코너에 시원하게 트여 있는 모습이 처음에 봤을 땐 마치 산장 같은 분위기였다.

카페 구석에 마련된 자그마한 홀에서는 두 사람이 기타를 치며 노래를 부르고 있었다. 사실 그들은 콘서트를 하는 중이었다. 그중 젊은 친구는 의자에 앉아 기타를 치고, 중년의 남자는 서서 노래를 했다.

"저 사람들은 미국인이에요. 여기는 세계 곳곳에서 가수들이 와 노래를 한답니다."

"제 친구 엘리안이 아무 설명도 없이 그냥 아델의 카페에 가보라고 하

아델은 일하는 시간 대부분을 바 안에서 보낸다. 하지만 딸들이 놀러오거나 다른 손님들과의 대화에 빠져 있을 땐, 커피를 마신 사람이 돈을 내고 가는지 어떤지도 신경쓰지 않는다. 이곳을 찾는 이들에게 이 모든 건 자연스럽다.

더군요."

"그러니까 이곳이 파리에 들어선 첫 번째 음악카페인 셈이지요. 20년 됐어요."

혼자 온 젊은 사람들이 바 둘레에 말없이 앉아 있었다. 바는 모서리가 둥글고 길쭉해, 서로 마주보고 앉을 수도 있다.

"그렇군요. 혹시 아저씨도 뮤지션인가요?"

"20년 전 나는 딸을 둘이나 잃었어요. 사고로 말이죠. 그래서 떠났어요. 세계를 그냥 돌아다녔지요. 그러다 음악하는 사람들을 만나면서, 문득 그들이 와서 노래할 수 있는 곳이 있으면 좋겠다 생각했죠. 그래서 돌아와 이 카페를 열었고, 그들이 오기 시작한 겁니다."

슬픈 이야기였다. 그러나 해피엔딩… 아델은 이 카페를 열면서 인생의 의미를 다시 발견했다.

홀에서 노래하던 가수들이 모자를 들고 다가왔다. 아직 초저녁이었고, 요즘 젊은이들이 좋아할 만한 장르도 아니어서 모자 속은 거의 텅 비어 있었다. 그런데도 그들의 표정은 즐겁고 넉넉해 보였다. 파리에 와서 노래부를 수 있다는 낭만을 즐기는 것일까? 이런 내 생각 자체가 턱없이 낭만적인 것인지도 모르겠지만, 그들은 몸짓으로 그렇게 말하는 것 같았다.

"같이 노래하실래요?"

모자를 든 남자가 내게 말했다.

"하고 싶지만 제 노래, 듣기 싫으실 걸요."

"문제 없어요. 그냥 하면 되는 거예요. 어서요!"

그의 노래는 꼭 1970년대 한국의 포크송 같았다. 아델의 카페와 아주 잘 어울리는 곡이었다. 순수하고, 시적이고, 조용한…….

그때 한 사람이 종이뭉치를 들고 들어와 아델에게 속닥속닥 신호를 보냈다. 외국인인 것 같았다.

"그럼요, 물론이죠. 붙이세요."

다음번 콘서트를 신청한 사람인데 포스터를 유리창에 붙여도 되냐고 물었던 모양이다.

"호주 가수들이에요. 다음 주 언제더라, 잠깐만요. 적어드릴게요."

아델은 열심히 얘기하며 가서 포스터를 보고는 종이에 적어가지고 왔다. 맥주 한 잔, 커피 한 잔. 사람들이 주문하는 것도, 계산을 하는 것도 이 대화보다 더 중요하지 않다는 듯 아델의 태도는 자연스러웠고 인간적인 풍미가 깊게 묻어났다. 단골들 역시 주인의 이런 태도에 익숙한지 아델의 등을 바라보며 마냥 기다리거나 스스로 먹을 것을 가져다 먹기도 했다. 카페 간판만 봐도 그렇다. 언제부터 그렇게 뜯겨져 있었을까. 글자가 하나 빠져 있는데도 그에겐 중요하지 않은 것 같았다.

언제 그가 사라졌는지 잠시 잊고 있었는데 갑자기 예쁜 아기를 안고 나타났다. 바로 윗층이 그가 사는 집이란다.

"내 딸이에요."

"손녀가 아니고요?"

"아니, 딸이에요. 다시 결혼해 아이 셋을 두었는데, 이 아기가 막내딸이에요."

아델은 너무나 행복한 얼굴로 한없이 딸 자랑을 늘어놓았다.

"애가 나를 아주 좋아해요."

"몇 살인가요?"

"한 살이랍니다."

유난히 눈이 예쁜 아기는, 그에겐 정말로 귀한 딸인 것 같았다.

가수들이 다시 노래를 하다가 아기를 발견하고는 감탄을 하며 다가왔

아델과 두 딸. 아델은 예쁜 딸들이 자랑스러운지, 연신 사진을 찍으라며 포즈를 취해주곤 했다.

5월의 어느날, 다시 찾은 셰 아델에서 샹송 가수의 공연이 있었다. 작은 카페 안을 가득 메운 손님들은 흥겨운 표정으로 진지하게 그녀의 노래와 연주를 듣고 있다.

다. 그러고는 아이에게 마이크를 대주며 같이 노래를 하자고 아우성을 해댔다. 마이크에 대고 웅얼거리는 아기 팔로마의 폼이 퍽 자연스럽다. 한낮의 따스한 온기와 음악, 주인의 넉넉한 웃음과 아기……. 이 평화로운 풍경 속에서라면 삶의 피로와 슬픔을 잠시 내려놓을 수 있을 것 같다.

넘치게 따라주는 맥주 한 잔과 함께 늦은 햇살을 즐기고 싶어지면 주저없이 아델의 카페로 달려가자. 그러면 아델은 지난 슬픔은 돌아보지 않는다는 듯, 환한 표정으로 반겨줄 테니.

그리고, 그곳에서 마주친 한 장의 포스터를 가볍게 보지 말 것. 소박한 곳이지만 사실은 세계 구석구석에서 가수들이 찾아오는 만만치 않은 무대니까.

••• Chez Adel
10 rue de la Grange aux Belles 75010 Paris
Ⓜ Jacques Bonsergent

길을 걷다 검은색 고양이 카페가 눈에 띄면 주저하지 말고 뛰어 들어가야 한다. 늑장을 부리다간 값싸고 유쾌한 공연을 놓칠 수도 있으니.

Au Chat Noir

오 샤 느와르

로그르 아 플륌 카페를 지나 장 피에르 탱보 길을 계속 걷다보면 심상치 않은 또 하나의 공간이 나타난다. 오 샤 느와르Au Chat Noir. 카페 이름 그대로 검은 고양이 한 마리가 벽에 그려져 있어 쉽게 눈에 띈다.

내 '형편없는' 친구들 장 피에르나 롤랑이 이름을 밝히지 않았어도, 바로 이 카페를 지칭한다는 걸 직감할 수 있었다. 작은 카페가 많은 파리, 이곳 역시 아주 아담한 크기에 오는 손님들이 모두 어깨를 툭툭 치는 그런 분위기다.

쓸쓸하게 혼자 테이블을 차지하느니 나는 사교성 좋은 사람처럼 인사를 건네면서 바에 비스듬히 걸터앉았다. 몇몇 사나이들이 이미 와 있었지만 당연히 모르는 얼굴들이었다. 그렇게 가벼운 눈인사를 던지고는 혼자 이곳을 찾은 게 뿌듯해져 속으로 슬그머니 웃었다. 내가 진짜 웃었다면 이 사나이들도 이유 따위 아랑곳 않고 같이 웃어줬을 것이다.

'그런데 이제 보니 바에서 일하는 저 남자, 꽤 미남인 걸.'

연신 생글생글 웃고 있는, 예쁜 얼굴에 친절하기까지 한 그 모습이 내 마음을 사로 잡으려(?) 했다. 야들야들 녹아내리는 내 마음이 어이없어서 속웃음을 흘리다가 이런, 큰 소리로 웃고 말았다. 그러자 잘생긴 그 친구가 덩달아 더 크게 웃어버렸다.

아이리시 커피를 주문했더니 한참 만에야 나온다. 메뉴엔 있지만 한 번도 만들어보지 않아 쩔쩔맸다며, 그가 건네는 커피 한 잔. 향긋하고 달콤한 커피향과 씁쓸한 알콜이 입가를 떠나지 않았다.

며칠 후 롤랑에게 오 샤 느와르에 가자고 말했다. 저녁마다 그곳에서 콘서트가 열리기 때문이었다. 그 작은 홀에서 콘서트를? 나는 미처 모르고 있었지만 지하에 따로 무대가 마련돼 있었다. 파리의 카페들은 지하를 여러 용도로 쓰는데 와인 저장고나 창고로 활용하기도 하고, 크기에 따라 무대로 꾸미기도 한다.

카페의 예쁜 갸르송 얘길 했더니 롤랑은 질투가 나는지 대답은 안 하고 은근히 반박하는 기세로 이렇게 대꾸했다.

"하지만 그 지하에서 열리는 콘서트에 가면 의자가 없어서 내내 서 있어야 할 텐데."

"카페 이름도 모른다더니 잘만 아네."

그의 태도에 신경쓰지 않는 것처럼 나는 더이상 그에게 권하지 않고 혼자 갈 태세를 비쳤다. 그런데 정작 그날이 되자 우물거리며 롤랑이 물어왔다.

"몇 시라고 했지?"

"피곤할 텐데… 무릎도 아프다면서, 그냥 쉬지 그래?"

"거기서 만나면 되는 거지?"

무슨 속셈인지, 롤랑은 그곳에 나타났다.

그럼 그렇지. 롤랑은 결국 지하로 내려오지 않고 콘서트 내내 그 바에 죽치고 앉아 예쁜 갸르송만 쳐다보고 있었던 거다.

파리에서는 저녁 늦게야 식사를 시작하는(심지어 밤 10시에 시작하는 저녁 초대를 받은 적도 있었다) 사람들이 많듯이 이곳 콘서트도 밤 9시에 시

'샤 노와르는 팔 할이 고양이' 라고 해도 전혀 이상하지 않다. 카페 구석구석 고양이를 찾는 재미도 쏠쏠하다.

가게 한켠에 놓인 귀여운 메뉴. 자, 뭘 먹어볼까?

이곳에선 따뜻한 커피보단 시원한 맥주가 어울린다. 어쩐지 한가로워보이는 노란 벽에 등을 기대고, 직원들이 직접 선곡한다는 음악을 듣다보면 나른한 오후 시간이 금세 지나간다.

작하는데, 늦게 오는 사람들이 많았다.

무대는 좁지만 뮤지션들과 아주 가까이 서서 음악을 감상하는 건 내게 또 다른 즐거움이었다. 사람들은 맥주잔을 들고 같이 춤을 추기도 했다. 이 카페는 재즈와 샹송, 힙합까지 다양한 장르의 음악으로 무대를 꾸미고 있으며, 일요일엔 콘서트 대신 연극을 올리기도 한다. 음악 카페로 명성을 날리고 있지만, 멀티 문화 공간으로서도 손색이 없다. 카페 벽이나 바 주변엔 사진 작품이나 그림, 조각이 전시되는데 갤러리 카페 뺨치게 지원자가 많단다.

치열한 예술정신과 안락한 휴식이 공존하는 카페 오 샤 느와르. 우연히라도 당신을 향해 웃음짓는 한 마리 고양이를 발견하거든 주저하지 말고 들어가야 한다. 바로 그곳이 미래의 예술적 거장들과 조우하는 행운의 공간이 되어줄 수도 있으니…….

••• Au Chat Noir
76 rue Jean Pierre Timbaud 75011 Paris
Ⓜ Couronnes or Ⓜ Saint Maur

Café Galerie

4장 카페 갤러리

- 라 팔레트La Palette
- 라 푸르미La Fourmi
- 모가도르Mogador

센 거리의 갤러리를 기웃거리다보면 물 반 고기 반, 아니, 사람 반 그림 반인 갤러리 카페 라 팔레트를 만나게 된다. 진짜 물감 냄새라도 날 듯, 오래된 그림들이 나를 반기는 곳.

La Palette

라 팔레트

생 제르맹 데 프레 교회 뒤쪽에서 센 강 쪽으로 꺾어지는 일대. 거기 골목들은 아무리 봐도 싫증이 나지 않는다. 갤러리와 고급 원단 가게가 많아 거리 전체가 화사한 한 폭의 풍경화 같다. 그 우아한 색깔과 멋이라니! 평소 그런 것들에 관심 없는 사람도 한 번쯤은 눈길이 멈춰질 것이다.

그곳에서도 특히 자그마한 갤러리들이 모여 있는 센 거리rue Seine는 최근의 그림 경향을 알 수 있는, 파리에서도 가장 눈여겨볼 만한 곳이다. 바로 이 거리에, 주변의 다른 풍경들과 절묘하게 어울리는 카페가 하나 있다. 라 팔레트La Palette. 오래된 아틀리에처럼 짙은 물감 냄새가 느껴지는 곳.

"이 그림들이요? 카페가 문을 열 때부터 이 자리에 이렇게 있었대요."

매니저가 말해주었다.

"수십 년쯤?"

"그렇죠. 아주 오래 됐어요. 1903년이라고 들었어요."

그림들은 특별히 주의를 기울여 장식된 것도 아니고 천장과 벽에 대충 붙어 있는 모습이었다. 바뀐 적도 없이 100년 넘도록 그 자리를 그대로 지키고 있다고 했다. 이름 있는 이의 작품은 아니지만 재미있는 그림들이다. 캔버스뿐 아니라 기둥 곳곳에도 그려진 그 풍경들은 100년 전 파리의 랜드마크라고 했다.

놀라운 사실 한 가지. 이 카페에서 35년 간 일한 갸르송이 1973년 카페를 인수해 현재의 주인이 되었다. 벽에 있는 그림은 1센티미터도 옮기지 않고 그대로 둔 채.

카페에 들어서자, 테이블이 두세 개밖에 보이지 않는다. 당연히 빈 자리는 없었다. 돌아나가려는 나를 갸르송이 막아선다.

"아니에요. 여기 뒤쪽에 자리 많아요."

좁은 문턱을 지나자 정말로 넓은 방이 나왔다.

'맙소사! 파리의 카페들은 어찌 이리도 어두울까. 아니, 이유가 있지. 이 사람들은 어둡게 사는 습관이 있는 데다 유물, 미술품들을 보관하는 데도 어두운 게 좋으니까.'

나는 매번 놀라면서도 매번 그렇게 이해했다.

카페는 마치 '화가의 방' 같다. 낡은 나무 의자에 앉아 있자니 어쩐지 나만의 아지트를 찾아낸 듯 우쭐한 기분이 되었다.

"커피라고 했죠? 알았어요."

주문했다는 사실을 나도 갸르송도 잊어버리고 있다가, 서로가 놀라서 쳐다보았다. 괜찮아요. 금방 갈 것도 아닌데요 뭐. 대답을 하려다 그만두었다. 이곳은 갤러리나 다름 없으니 서두를 이유가 없었다.

카페는 센 거리rue de Seine와 자크 칼로 거리rue Jacques Callot가 만나는 코너, 길이 시원하게 열린 곳에 있어 앞쪽 테라스에 앉아도 좋을 것 같다. 무엇보다 분위기 화사하게 복작거리는 동네를 맘껏 구경할 수 있으니까. 근

저녁 무렵이 되면, 팔레트의 안과 밖 풍경은 이렇게 다르다. 송곳 하나 꽂을 틈 없이 테라스에 손님들이 가득 차는 동안에도 햇빛 안 드는 실내는 조용하다. 주방은 밀려드는 손님에 전쟁을 치르고 있지만.

기요틴을 안주 삼아 와인을 홀짝홀짝 마시다보면 어느새 얼굴이 발그레(왼쪽). 팔레트엔 풍경화가 많지만, 재미있는 인물화도 몇 점 걸려 있다. 그러니 카페 구석구석, 놓치지 말고 구경할 것(오른쪽).

처에 있는 에꼴 데 보자르 학생과 미술가들, 그리고 갤러리 관계자와 화상들이 최고의 단골이라고 한다.

이 구역에선 유명인사들도 드물지 않게 볼 수 있다. 나는 길에서 유명한 철학자와 두 번이나 마주쳤고, 영화배우를 만나기도 했다. 유명 화가는 아직 보지 못했지만. 얼굴을 몰라서 그렇지 수없이 지나쳤는지도 모를 일이다. 그림 관련 전문 서점들도 많으므로, 이곳에선 이래저래 눈이 한가할 틈이 없다.

언제나 그 자리에 있는 그림들처럼 카페 라 팔레트도 100년이 넘는 시간 동안 화려한 이 동네의 상징으로 자리잡았다.

이 카페를 사람들이 좋아하는 이유가 또 하나 있는데, 프랑스 전통빵인 뺑 프알란pain poilane에다 치즈나 장봉크뤼익히지 않은 훈제 햄를 얹은 기요틴Guillotine이라는 메뉴가 유명하기 때문이다. 흔히 먹을 수 있는 프랑스 전통 음식이지만 한 접시 가득 푸짐하고도 맛스럽게 담아내오는 이곳의 기요틴은 보는 것만으로도 기분이 유쾌해진다. 먹기 좋게 작은 사각형으로 잘라 접시에 차곡차곡 쌓아올린 기요틴은 저녁에 와인과 함께 먹거나 커피를 놓고 긴 긴 대화를 하며 집어먹기에 아주 좋다. 프랑스의 맛 좋은 치즈와 고급 음식인 장봉크뤼를 좋아한다면 보기만 해도 배가 든든해질 것이다. 한 입에 쏙쏙. 두 사람이 가면 치즈와 장봉크뤼를 한 가지씩 주문해도 좋다. 배는 좀 부르겠지만, 두 가지 별미를 다 맛볼 수 있으니까.

••• La Palette
43 rue de Seine 75006 Paris
Ⓜ Odeon

메트르 피갈 역에서 몽마르트르 언덕으로 올라가는 길목에는 남아메리카의 사막을 떠올리게 하는 갤러리 카페, 라 푸르미가 있다.

La Fourmi

라 푸르미

파리의 카페들은 동네의 역사나 이름, 분위기에 걸맞게 꾸미는 것이 보통이다. 예를 들어 상호를 동네 이름으로 짓는다든지 실내 인테리어에 역사적 의미를 담는다든지, 동네 사람들이 함께 참여하는 이벤트를 마련한다든지 하는 식이다. 이를 테면 루소 길에는 '볼테르에서 루소까지' 라는 카페와 '에밀' 이라는 카페가 있다. 에밀은 바로 루소의 책 제목이다.

"우와! 제법 그럴 듯하네."

카페 푸르미에 들어서자 저절로 이런 소리가 나왔다.

이곳, 파리의 여느 카페들처럼 제 페이스대로 꾸준히 달려왔다는 당당함이 느껴진다. 몽마르트르에서 명함을 내밀려면 이 정도는 돼야지. 몽마르트르의 터줏대감인 거리의 화가들에게 지지 않으려면.

이제 몽마르트르의 화가들을 보러 가기 위해 메트로 피갈Pigalle에서 내리자. 밖으로 나와 만난 동네는 별다른 특색 없이 수수한 표정이다. '얼른 몽마르트르로 올라가는 게 낫겠지. 벌써 다리도 아픈데.'

대로를 가로지르면 경사져 올라가는 길이 몇 개 보이는데 어느 곳으로 들어가도 목적지에 닿을 수 있다. 메트로 출구에 따라 라 푸르미를 끼고 있는 길을 만나기도 하는데, 그 우연한 계기로 나는 이 카페를 알게 되었다.

이 길에서 몽마르트르로 올라가는 것도 아주 좋다. 특히 카페 바로 앞에는 몽마르트르 언덕을 순회하는 셔틀버스 정류장이 있으므로 한 번쯤 이용해볼 만하다.

이곳에 앉아 시간을 보내고 있자면, 몽마르트르로 올라가기가 귀찮아진다.

오후 내내 푸르미에서 그림을 그리던 꼬마 숙녀들.
테이블보 대신 깔아두는 하얀 종이가 아이들의 캔버스가 되어주었다.

이곳에선 천천히 쉬엄쉬엄 걷자. 눈을 유혹하는 그림들이 이렇게 많은데 서둘러 몽마르트르로 올라갈 필요는 없지.

'한 잔 하고 가시는 게 어때요?' 하고 유혹하는 듯, 라 푸르미는 외관부터 무척 매력적이었다. 특히 햇빛이라도 좋은 날이면 언덕 초입 모퉁이에 시원스럽게 서 있는 이 카페를 그냥 지나칠 수 없을 것이다. 앞 테라스에는 많은 사람들이 선글라스를 낀 채 오후를 즐기고 있었다.

실내로 들어가봤다. 잘못 접어든 길에서 오히려 행운을 잡는 경우가 가끔 있는데, 영락없이 그 기분이었다. 시원하게 확 트인 공간에 천장까지 높아 눈과 마음이 여유롭게 열렸다. 카페 구석에 자리잡은 뒤 꼼꼼히 감상해보기로 했다.

전체적으로 나무와 메탈을 이용하여 모던하게 꾸민 실내에선 고풍스러운 색감이 풍겼다. 벽에 걸린 그림들, 무엇보다 천장 한가운데 높이 매달려 있는 조명이 예사롭지 않았다. 수십 개의 병으로 엮어 만든 샹들리에를 올려다보자 탄성이 저절로 나왔다.

물론 이름 있는 누군가의 걸작이겠지만 역사나 이름 같은 것에 연연해하지 말고 그냥 감상하는 것도 재미있을 것 같았다. 파리에서는 그런 거 묻기 시작하면 끝이 없으니까. 그때 갸르송이 내게 슬쩍 다가와 이야기했다.

"저 조명등은 이 카페를 디자인한 건축가가 직접 만들었어요. 프랑스에서는 종종 병을 저렇게 활용하죠."

카페에 걸린 작품들을 하염없이 바라보자니 이런 풍경을 일상적으로 향유하며 사는 인근 주민들이 부러워졌다. 이 사람들은 이런 것들을 늘 상 보고 사니 창작 의식이나 예술적 감성이 절로 생기지 않으려나. 보고, 듣고, 느끼고, 그러는 사이 자연스럽게 창조의 열정도 생겨날 수 있을 테니까. 마침 옆 테이블에 앉은 꼬마 손님 둘이 열심히 그림을 그리고 있었다. 자매로 보이는 이 작은 화가들이야말로 라 푸르미와 너무 잘 어울린다고 생각하며 나는 천천히 커피를 마셨다.

이곳은 유난히 젊은 사람들이 많고, 종업원인지 손님인지 분간이 안 될 정도로 서로 친근하게 섞여 있다. 서비스도 아주 정성스럽다. 내게 커피를 가져다준 갸르송은 외출하려다 말고 다가와서는, 아주 진지한 표정으로 "뭐라도 드실 건가요?" 하고 물었다. "그럼 그림 감상만 하고 갈까요? 맛있는 커피가 있으면 더 좋겠는데요." 나는 웃으며 대답했다.

그는 바로 돌아가더니 열심히 커피를 만들어 가져왔다. 우유 거품을 소복히 얹은 카푸치노를 내 앞에 내밀며, '어때요, 작품 좋죠!' 자랑하는 듯 미소까지 살짝 얹어준다. 풍성한 우유 거품은 인심 좋은 시골 가게에라도 간 것처럼 내 마음을 말랑말랑하게 녹였다. 여기에 파리 시내 어딜 가도 빠지지 않을 만큼 맛있는 크루아상까지 곁들이면 금상첨화.

피갈 지역은 특별한 것들(알다시피 핍쇼라든지, 가죽 속옷 가게, 이상한 나이트클럽 등등…)이 많은 동네로 알려져 있었는데, 최근 이곳으로 전세계 셀러브리티들이 모여들어 쇼핑을 즐기고 있단다.

19세기 피갈 지역 풍경. 당시 이 지역엔 문학 카페가 밀집해 있었다.

"우선 이 구역은 모든 사회계층 사람들이 모이는 곳이기 때문에 흥미롭고, 물가가 비싸지도 않죠. 우리 카페에 오는 사람들도 펑크 족부터 좌파 정치인까지 무척 다양해요."

친절함은 카페 내부 곳곳에 조용히 배어 있었다. 한쪽에 차곡차곡 정리된 색색의 리플릿들, 카페 유리창에 꼼꼼히 붙여둔 각종 안내 포스터, 열심히 백그라운드 음악을 조절하고 있는 DJ까지. 게다가 갸르송은 외출하려는 걸 잊었는지 아니면 생각을 바꾼 것인지 계속 내 곁을 서성이며 열심히 얘기를 해주었다.

"그림 전시는 매월 바뀌는데, 연초에 이미 한 해의 전시 일정이 잡히죠. 작가들이 직접 와서 결정을 하거든요. '일하고, 창의적인 것을 만들고, 즐겨라.' 그들의 모토죠. 나도 그런 삶을 살고 싶어요."

푸르미에 걸려 있던 추상화 두 점(왼쪽). 그리고 봄날 오후 동행자와 함께 마셨던 핫초콜릿과 카푸치노.

파리에선 길을 잘못 들었다고 지레 두려워하거나 실망할 필요가 없다. 그게 오히려 행운이 되는 때가 종종 있으니까. 내가 라 푸르미를 만난 것처럼.

••• La Fourmi
74 rue des Martyrs 75018 Paris
Ⓜ Pigalle

겉에서 보기엔 수수하지만, 막상 들어가면 환한 영국식 살롱이 펼쳐지는 찻집 모가도르.

Mogador

모가도르

카페 모가도르Mogador가 있는 길은 사람들 왕래가 많은 구역이 아니므로 그냥 지나치기 쉽다. 이곳은 생 폴 역에서 가깝기는 하지만 리볼리Rivoli 대로 뒤쪽에 있어 상대적으로 조용하다. 햇빛도 잘 들지 않아서 관광객들도 선뜻 발길을 옮기지 않는 듯하다. 그렇지만 사실상 파리 한복판이나 다름없으며 노트르담 성당이 있는 시테 섬도 여기서 멀지 않다.

메트로 생 폴에서 나와 시청으로 이어지는 프랑수아 미롱 거리는 그다지 볼 것 없는 조용한 길이다. 빨리 목적지에 닿고 싶은 마음에 서둘러 지나치게 되지만, 그러다 문득 저절로 눈길이 가는 카페와 마주친다. 바로 모가도르.

'café' 라는 글자 대신 이곳엔 'Salon de thé찻집' 라고 씌어 있다. 파리에서는 카페나 찻집이나 모두 커피와 차를 마실 수 있으므로 크게 다를 건 없지만, 어떤 찻집에서는 차 종류를 좀더 다양하게 갖춰두기도 한다. 초콜릿 가게나 제과점 안에 있을 경우엔 이름에 'Salon de thé' 를 사용하는 경우가 많고, 두 가지 호칭을 다 쓰는 곳도 있다.

나는 밖에 선 채 카페 안을 기웃거렸다. 벽을 빙 둘러서 그림이 꼼꼼히 걸려 있는데, 갤러리처럼 그림 사이의 간격과 배치 형태에 신경 써서 제대로 전시한 것 같은 인상이 확연했다. '갤러리 카페의 정석' 이랄까. 궁금함을 이기지 못한 나는 슬며시 안으로 들어갔다.

"전시 기간은 보통 한 달이에요. 벽 사용료 150유로와 오픈 파티 비용으로 300유로 정도가 들지요. 저희가 모두 준비를 해준답니다. 그림 판

오너와 단골 손님들이 홀에 앉아 티타임을 즐기던 평화로운 오후 시간. 사진을 찍기 위해 다시 방문했을 땐 공교롭게도 전시가 없었다. 하지만 다음달부턴 전시가 잡혀 있다며, 이런 일이 흔치는 않다고 주인이 말해주었다.

매 수입은 완전히 작가 몫이고요."

주인이 자세히 설명해주었다. 실내는 무척 환하고 아기자기해서, 영국식 살롱에 온 듯한 기분이었다. 활기차고 열정적인 주인의 스타일이 느껴졌다.

"몇 년 전 목포에 갔었어요. 국제 전시회가 있었거든요."

"그래요? 한국에 또 가실 건가요?"

"이번엔 중국에 갈 것 같아요. 언젠가 또 한국에 갈 기회가 있을지도 모르죠."

모가도르는 두 명의 친구가 의기투합해 8년 전 문을 열었다고 한다.

유럽에서 아시아까지 전시회를 보러 가는 주인의 열정은 고스란히 갤러리 카페로서의 명성으로 연결될 것이다. 하지만 카페는 친구의 작업실

모가도르에서는 이곳저곳에서 구해온 잡화들을 판매한다. 물건들에는 전혀 통일성이 없지만, 오너가 하나씩 둘씩 골라온 정성만큼은 고스란히 느낄 수 있다.

에 놀러간 것처럼 친근하고 자연스럽다. 두 오너의 분위기 때문일까?

"작품은 잘 팔리는 편인가요?"

"그럼요. 관심 있는 사람들이 많답니다."

바깥에서부터 내 눈을 사로잡았던 그 환한 그림들은 새로운 화풍이나 추상화가 아니라 풍경화였다. 오너들이 좋아하는 화가가 르느와르, 세잔, 드가, 모네 등이라고 하니 이곳에 걸리는 작품들의 경향을 어렵지 않게 짐작할 수 있다.

카페 한쪽에 몇 사람이 앉아 종이에 무언가를 적어가며 신중히 의논을 하고 있었다. 아마도 그림에 대해 얘기를 하는 모양이었다. 잠시 후, 서류가방을 든 나이 지긋한 여성들이 몇 사람 더 들어왔다. 갤러리 관계자

모가도르에서 조금만 걸어 나오면 전혀 다른 풍경이 펼쳐진다.

인 것 같았다. 동시에 저쪽에서 의논하고 있던 사람 중 하나가 한숨을 내쉬며 나갔다. '가격 협상이 잘 안 됐나?' 그는 모자를 놓고 나갔다면서 다시 들어오더니, 이내 걸어 나갔다. 거기서 리볼리 거리를 따라 계속 가면 닿을 수 있는 팔레 로얄Palais Royal 구역에도 갤러리가 많으니 그쪽으로 가는 것인지도 모르겠다.

갤러리 카페에서는 꼭 커피를 마시지 않아도 괜찮다. 이런 자유로운 분위기가 좋아 나는 갤러리 카페를 자주 찾았다. 운이 좋으면, 마음에 들면서 가격까지 내 형편에 맞는 작은 그림을 발견할 수도 있다. 모가도르에서 그림을 구경하며 가격을 슬쩍 알아보았다. '어? 생각보다 비싸지 않네. 가만, 내 월급에서 이걸 사고 나면…….'

이곳에서 자신있게 추천하는 신선한 박하차(또는 박하 + 계피)를 주문하면 묵직한 티포트에 박하잎을 듬뿍 넣은 뜨거운 차가 나온다. 서너 잔을 따라 마실 수 있는 양으로, 값(3.80~4.60유로)에 비해 맛도 훌륭한 편이다. 햇살 좋은 오후, 모가도르에 들러 느긋하게 티타임을 즐겨보면 어떨까? 향긋하고 달달한 박하차를 마시며, 박하만큼이나 향기로운 미술 작품을 감상하는 즐거움이란…….

••• Mogador
74 rue Francois Miron 75003
Ⓜ Saint Paul

Café Musée

5장 카페 뮤제

- 카페 카를뤼 Café Carlu
- 카페테리아 뒤 뮤제 로댕 Cafeteria du musée Rodin
- 르 카페 마를리 Le Café Marly

카페 카를뤼가 있는 건축 문화재 박물관. 전시를 볼까, 아니면 카페 테라스에서 기막힌 전망을 구경할까?

Café Carlu

카페 카를뤼

카페 카를뤼Café Carlu는 파리 사람들도 잘 모르는 특별한 카페다. 독특한 곳에 있고, 오픈한 지 채 일년도 안 된 탓이다. 트로카데로Trocadero 광장에 있는 건축 문화재 박물관Cite de L'architecture et du Patrimoine이 오랫동안 공사를 한 후 2007년 9월에 다시 문을 열었을 때 카를뤼가 처음 탄생했다.

그 옆에 있는 인류 박물관Musée de l'Homme은 잘 알아도 이곳은 모르는 사람이 많을 것이다. 워낙 볼 것 많은 도시니 샅샅이 둘러보기는 그곳 주민에게나 관광객에게나 쉬운 일이 아니다.

멋들어진 두 개의 박물관이 나란히 샤이오Chaillot궁전 정원을 바라보며 서 있는 장면은 상상만으로도 멋지다. 두 박물관 사이에 있는 넓은 테라스 끝으로 다가가면 샤이오 정원이 한눈에 들어온다. 파리에서도 가장 아름다운 전망으로 손꼽히는 곳이다. 박물관이 약간 높은 곳에 위치해 있어 그야말로 그림 같은 장면을 위에서 내려다볼 수 있다. 정원을 가로질러 그 건너편에는 에펠탑이 서 있는데, 정원으로 내려가면 에펠탑까지 이어지는 길이 나온다.

이 훌륭한 전망을 편안히 앉아서 즐길 수 있는 곳이 바로 카페 카를뤼다. 나 역시 얼마 전에야 이 카페를 알게 되었다. 인류 박물관에 갔다가 우연히 카를뤼를 발견했던 것이다. 인류 박물관 카페는 워낙 전망 좋기로 소문난 곳이라 박물관에 간 김에 들렀는데 개점 시간이 아니었다.

커피 한 잔이 너무 그리워 일단 밖으로 나갔는데, 옹기종기 모여 있는 건너편 광장 카페들까지 걸어가는 건 왠지 내키지 않았다. 그래서 건축

도시 전체가 거대한 미술관처럼 느껴지는 파리 시내에서도 이런 전망을 가진 카페는 흔치 않다.

레드와 화이트로 디자인한 모던한 실내와 에펠탑의 조화!

문화재 박물관 쪽으로 방향을 틀다 문득 계단 위를 쳐다보았는데 작은 카페 표지판이 세워져 있는 것이었다. 언뜻 보아도 커피 한 잔 하러 들르기에 딱 좋은, 진짜 '카페다운' 느낌이 들었다.

와! 근사하다. 사람들도 많지 않고 엄청나게 큰 창문 밖으로 에펠탑과 정원이 보이다니!

나는 안으로 들어가며 감탄사를 연발했다. 게다가 빨강과 주황, 흰색이 어울린 모던하고 시크한 인테리어까지……. 여느 박물관처럼 테이블 반대편에는 서점이 자리하고 있어, 지적인 분위기를 더해주었다. 안쪽 긴 테이블 위에 설치된 모니터로는 이 박물관의 자료들을 마음대로 열람할 수도 있다. 서서 전시물을 보는 게 귀찮다면, 모니터 한 대를 차지하고 앉아 에스프레소를 홀짝여도 좋다.

무엇보다 바람이라도 많이 불고 추운 날, 따뜻한 실내에서 파리의 경관을 즐길 수 있다는 점이 사랑스럽다. 창문 바로 옆에 푹신한 소파도 있으니.

카운터 옆에는 과자와 샌드위치 등을 직접 고를 수 있도록 쇼케이스가 마련돼 있는데, 사람들로 북적이지 않는다. 음료를 주문하는 김에 이 카페에 대한 글을 쓰고 싶다고 했더니, 매니저가 너무나 기뻐하면서 이렇게 얘기하는 것이 아닌가!

"이건 그냥 드리고 싶어요."

과일주스 한 잔 주는 게 대단치 않은 일 같지만, 내 경험에 의하면 파

내가 진심으로 이 카페를 좋아하게 만들어준 건, 친절한 스태프들이다. 작지만 단비처럼 반갑고 기뻤던 그들의 선물.

리에선 흔치 않은 일이다. 게다가 콧대 높은 박물관 안에서!

이 친절한 직원들은 주문을 받으러 홀에 돌아다니는 일도 없으니 카페가 문을 닫을 때까지 머물러도 괜찮다. 하지만 이 근방의 다른 전망 좋은 카페들이 궁금해져서 오래 앉아 있지는 못할 것 같다.

••• Café Carlu
Cité de l'architecture et du patrimoine
1 place du Trocadero 75016
Ⓜ Trocadero

이곳에 오면 대 저택의 정원에서 티타임을 가진 듯 여유롭다. 햇살마저 풍요로운 이곳!

Cafeteria du musée Rodin

카페테리아 뒤 뮤제 로댕

로댕미술관 안에 있는 카페라면, 분위기를 금방 짐작할 수 있으리라. 미술가 한 사람을 기리는 기념관이나 미술관 중 로댕미술관처럼 규모가 큰 곳도 드물 것이다. 로댕의 조각을 무척 좋아하면서도, 그리고 로댕미술관이 있다는 걸 알면서도 나는 여러 해 동안 그곳에 가지 못했다.

파리에 살면 자연히 그렇게 된다. 나중에 가지 뭐, 나중에. 언제라도 갈 수 있으므로 자꾸만 그렇게 미루게 되고, 그러다 보면 막상 파리 구경도 제대로 못하고 서울로 돌아오는 것이다. 공부나 일 때문에 외국에 살다 보면 어디서나 그렇듯 현실 문제에 더 집중하게 된다. 잠시 여행을 다녀온 사람들보다 모르는 게 더 많을 수 있다. 로댕미술관도 언젠가는 가봐야 할 곳으로 늘 되새기고는 있었지만 이상하게도 발길이 잘 떨어지지 않았는데, 마침내 누군가와 함께 갈 일이 생겼다. 결론부터 말하면, 기대 이상. 그 유명한 앵발리드Invalide 바로 옆, 메트로 바렌느Varenne에서 내리면 5분도 안 걸리는 거리인데 왜 이렇게 게을렀을까. 나는 도착하자마자 스스로의 한없는 게으름을 탓했다.

입구에 들어가면 티켓을 산 다음 로댕미술관 본관으로 들어가게 되는데, 그에 앞서 정원을 통과해야 한다. 그러니까 미술관 앞마당에 들어서서 오른쪽으로 고개를 돌리면 그 유명한 작품, '생각하는 사람' 이 나무들 사이로 크게 놓여 있는 게 보인다. 이곳 정원의 규모와 멋스러움은 가히 로댕의 조각만큼이나 명작이다. '생각하는 사람' 바로 옆, 다른 나무들 사이로 '파자마를 입은 발자크' 상도 서 있으니 엄청나게 호화로운 정원이다.

전시를 보기 위해 줄을 선 사람들.

아직 미술관에는 들어가지도 않았는데 정원이 내 발목을 붙잡았다. 그래도 본론부터 시작해야지, 마음을 다잡으며 건물 안으로 들어갔다. 정원은 미술관 뒤쪽으로도 넓게 자리잡고 있었다.

미술관 전시를 보고 나와 정원을 한바퀴 둘러보다가 카페를 하나 발견했다. 건물 뒤쪽에 가려져 있기 때문에 입구에서 본관으로 들어갈 때는 보이지 않았었다. 만약 정원과 카페만 들르고 싶다면 미술관 티켓을 안 사도 된다.

만일 오랫동안 기다리기가 싫다면 과감히 전시를 포기하고 미술관 정원으로 들어가도 좋다.

카페 입구엔 '바렌느 정원Le Jardin de Varenne' 이라고 적혀 있는데, 이것 말고 적당한 다른 이름을 떠올릴 수 없을 정도다. 카페는 전면과 옆면이 모두 시원하게 유리로 트여 있어 실내에서도 정원을 맘껏 즐길 수 있는 구조이지만, 햇빛 좋아하는 유럽 사람들은 테라스에 자리잡기 바빴다. 카페 내부는 로댕과 관련된 기념품과 책으로 가득했다.

다양한 샌드위치가 먹음직스럽게 쌓여 있어, '풍경이 있는 식사' 를 하기에 안성맞춤인 곳. 내가 갔을 무렵은 봄이라 컵에 먹음직스럽게 담긴 빨간 딸기가 유혹적이었다. 보통의 카페 메뉴에 적당히 싫증나 있던 내

진열장 앞에선 한참을 망설일 각오를 해야 한다. 내가 고른 건, 4월의 달콤한 딸기와 바게트. 테이블 뒤로 보이는 쇼케이스에는 로댕 관련 책과 기념품이 전시돼 있다(위). 카페에 앉아 정원의 햇살을 충분히 즐겼더라도, 이곳을 떠나기는 쉽지 않다. 정원 곳곳에 숨어 있는 로댕의 작품들이 자꾸 발길을 멈춰세운다(아래).

혀끝이 신선한 과일 컵들 앞에서 요란스레 반응하기 시작했다. 바게트와 함께 먹는 딸기는 충분히 자극적이었다.

그날 이후 파리에 가는 사람들을 만날 때마다 나는 꼭 들러야 할 곳으로 맨 먼저 로댕미술관을 추천하고 있다. 로댕의 작품을 좋아하는 사람에게도 싫어하는 사람에게도, 그의 정원과 카페는 충분한 즐거움을 선물할 테니까.

••• Cafeteria du musée Rodin
77 rue de Varenne 75007
Ⓜ Varenne

마블리에서 커피를 마셔본 사람이라면, 루브르를 사랑하게 될 거다.
전시실에 들어가본 사람이든, 그렇지 않은 사람이든.

Le Café Marly

르 카페 마를리

마를리Marly. 두 말할 필요 없이 멋진 카페다. 그런데도 말을 보태지 않고 넘어갈 수 없는 카페가 바로 이곳이다. 마를리만큼 이색적인 카페가 또 있을까.

루브르 박물관의 바깥쪽 한 회랑, 그 화려하고 웅장한 천장 아래가 카페라니, 더 말해 뭐하겠는가. 이곳에 처음 왔던 날, 나는 천장에서 한참 동안 눈을 떼지 못했다. 화려한 천장을 감상하려면 카페로 들어갈 필요가 없다. 아니 들어가지 말아야 한다. 계단으로 올라가기 전 아랫쪽에서 바라보아야 그 굽이굽이 물결치는 파노라마를 제대로 감상할 수 있다.

햇빛 좋은 날, 이곳 회랑의 풍경은 압권이다. 루브르의 피라미드가 바로 내다보이는 테라스에는 의자가 모두 난간을 향해 놓여 있다. 그곳에 앉아, 거칠 것 없이 들어오는 햇살을 즐기는 사람들로 빈자리가 없을 정도다. 근처의 고급 공무원이나 세계 유명인사들, 모델, 관광객으로 항상 붐비기 때문에 여간해서는 한가하고 조용한 틈을 만나기가 어려운 곳이다. 하지만 추운 겨울, 햇빛이 없을 때 가면 그 넓은 테라스를 혼자 차지할 수도 있다. 겨울에도 그곳은 열려 있으니 걱정할 것 없다.

모델처럼 멋지지 않으면 마를리에선 일할 수 없는 것일까. 하나같이 매력적이고 늘씬늘씬한 갸르송들이 바쁘게 움직이고 있는 어느날 오후였다. 봄기운이 완연하고 건너편 정원에서는 꽃향기가 풍겨오는 듯했다. 너무 바빠 주문을 받고 테이블을 세팅하는 것만으로도 벅찰 텐데, "마를리가 무슨 뜻이지?" 혼잣말처럼 중얼거리는 내 질문에 갸르송이 화사하

맑고 따스했던 어느 봄날, 카페 마를리.

테라스에선 루브르 광장이 한눈에 내다보인다.

게 웃으며 대답을 한다.

"마를리 말인가요? 저 건너편 기념물 위에 말을 이끌고 있는 마리아상 보이시죠? 그 말들을 마를리라고 부른답니다."

회랑의 테라스가 워낙 인상적이어서 그런지 카페 실내는 상대적으로 좀 수수하다는 생각이 들었다. 카페 안쪽은 격조 있는 세 개의 방으로 나뉘어 있는데, 그 때문인지 좀더 개인적이고 조용한 분위기다. 고급스럽고 안락한 곳. 통유리가 설치된 안쪽 벽은 바로 루브르의 마를리홀 쪽으로 연결돼 있어 밤에는 테라스보다 이곳에서 훨씬 더 멋진 장면을 감상할 수 있다.

마를리는, 그저 카페라고만 부르기엔 너무 근사한 곳이다. 루브르라는 명성에 걸맞게, 그리고 이보다 더 잘 어울릴 수 없는 카페를 만든 이에게 존경심이 들 정도였다. 이런 예술적 발상에 감탄을 금할 수 없으면서도, 한편으론 대단한 상품이라며 혀를 차게 된다. 하긴, 예술성과 상품성은 이제 사이 좋게 어깨동무하는 비즈니스의 현안이 아닌가.

비싼 장소에 자리잡은 시크한 카페들 대다수가 프랑스 유명인사인 코스트Costes 형제 소유인데, 여기도 마찬가지다. 그들의 유명세에 힘입어 몇 년 전 마를리가 오픈했을 때도 〈뉴욕 타임즈〉 한 면을 장식했다고 한다.

지금도 내가 앉아 있는 자리 바로 옆에서는 연신 카메라 플래시가 터지고 있다. 아마도 어느 잡지사에서 파리 예술계의 유명인사를 인터뷰

조용한 아침, 마를리에서 신문을 보며 아침식사를 하고 있노라면 자칫 현실감을 잃어버릴 수도 있다. 대부호의 초대를 받아 그의 응접실에 앉은 듯, 마음이 두둥실 떠올랐다. 커피값 몇 유로로 얻은 기분 좋은 착각.

버스에서 내렸다면 사진 속 선글라스 낀 노신사의 위치에서 왼쪽을 바라보자. 그럼 카페 마를리로 가는 입구가 보일 것이다.

하는가보다. 그동안 얼마나 많은 사진작가와 언론인들이 이곳을 다녀갔을까.

메트로를 타면 더 빠르지만 파리에서는 버스를 타도 그리 막히지 않고, 무엇보다 쾌적해서 좋다. 95번이나 68번을 타면 카페 마를리 바로 앞에서 내릴 수 있다. 루브르 박물관 정류장에 내리면 되는데, 카페 입구가 곧바로 보이는 게 아니기 때문에 조심해야 한다. 루브르 피라미드가 있는 광장에서 피라미드를 등지고 올려다보면 바로 회랑이 보인다.

이곳에 가기 가장 좋은 시각은 이른 아침. 살롱 입구에 파리의 모든 신문과 몇 가지 잡지도 비치돼 있어 여유롭게 볼 수 있는 데다 신선하고 작은 모듬 빵들이 탁자마다 놓여 있어 보기만 해도 즐겁다. 먹는 개수에 따라 값을 계산하면 되는데, 비싼 장소라고 해서 아침식사까지 비싸진 않으니 한 잔의 커피와 함께 양껏 우아한 식사를 하는 것이다. 테라스로 들어오는 파리의 아침 햇살을 온몸 가득 머금으면서…….

••• Le café Marly
93 rue de Rivoli 75001
Ⓜ Palais Royal Musée du Louvre

Café Vue

6장 카페 뷔

- 카페 보부르café Beaubourg
- 르 퓌므와르Le Fumoir
- 라 페토디에르La Pétaudière
- 셰 프랑시스Chez Francis
- 몽테카오Montecao
- 라 그랑드 에피스리La Grande Épicerie

보부르의 한쪽 벽엔 앤디 워홀의 사진이 걸려 있다. 앤디 워홀과 퐁피두 센터와 세련된 파리지앵……. 보부르에선 이 모든 것들이 이질감 없이 어울린다.

Café Beaubourg

카페 보부르

파리의 코너카페들은 클래식한 분위기로 사랑받는다. 카페 보부르Café Beaubourg는 이런 전통에서 벗어나 모던한 인테리어와 디자인이 돋보이는 카페다. 비슷비슷한 코너카페들에 싫증난 사람이라면 1920년대 벨 에포크belle epoque: golden age 시기 파리에서 유행했던 아르데코 취향의 이 멋진 카페에 가보는 것도 좋으리라.

퐁피두 센터와 이웃한 카페 보부르Beaubourg는 1980년대에 건축가 크리스티앙 드 포잠박Christian de Portzamparc에 의해 설계되었다. 그 덕에 보부르는 건축 디자인에 있어서 다른 카페들의 수준을 가뿐히 뛰어넘는다. 세련되고 지적인 스타일, 우아한 인테리어에 탁 트인 전망, 이런 것을 모두 담아내면서도 너무 튀지 않는다고 할까. 실내 디자인은 화려하지 않으면서 보부르만의 은근한 멋이 드러난다. 세계적인 잡지와 화보에 실리는 카페답다.

1층과 2층이 뚫려 있는 '메자닌 구조'이지만 한쪽으로 쏠리지 않아 전체적으로 세련되고 시원해 보인다. 2층은 공간을 가로질러 갈 수 있도록 다리를 놓은 것이 인상적이었다. 2층에서 내려다보니 탁 트인 실내가 마치 광장처럼 드넓어 보였다. 근처 직장인들이 몰려와 아무리 수다를 떨어도 그다지 시끄럽지 않은 이유를 이제야 알겠다. 블랙 앤 화이트의 대리석 바닥에 걸맞게 테이블도 흰색 대리석으로 맞춰 우아한 분위기를 한층 살렸다. 구석구석 두 사람만이 앉을 수 있는 조용한 자리도 마련해두었으니 격식을 차려야 할 상대와 만나기에도 적당하다.

이곳은 갸르송의 모습도 평범하지 않다. 모두 날렵한 검정색 수트 차

건축 디자인의 첨단을 자랑하는 카페 보부르.

림인데, 상냥하고 늘씬한 건 기본이고 자세도 세련되어 마치 배우가 연기를 하는 듯 동작이 무척 경쾌하다. 보부르의 격조는 이렇게 완성된다.

이곳은 고급스러운 분위기지만 레스토랑보다는 격식 있는 카페라는 이미지가 훨씬 강하다. 사람들이 '리얼real 카페'라고 부르는, 바로 그런 느낌이랄까.

아침식사를 아직 못한 터라 배가 고팠다. 나는 찬찬히 메뉴판을 들여다보았다. 커피와 크루아상 말고 뭐 별다른 게 있을까. 큰 기대는 하지 않았다. 그러면서도 뭔가 다른 것을 먹고 싶었다. 프랑스는 아침식사가 소박한 편이라 버터와 잼 바른 빵에다 사발커피보통 가정에서는 사발처럼 큰 그릇에 마신다를 마시는 것 외에는 별다른 메뉴가 없다. 그래서 조금 지루하기도 한 게 사실.

"그래, 바로 이거야."

토스트와 잼으로 구성된 아침식사 메뉴를 발견한 나는 반색을 했다. 크루아상을 좋아하지만 늘 같은 메뉴에 싫증이 난 참이었다. 주문을 한 뒤 이 사람들이 혹시 주문 내용을 잊어버렸나 싶을 만큼 한참이 지나자 음식이 도착했다.

'그렇지. 토스트도 구워야 하고 이렇게 차리자면 시간이 걸리겠구나.'

쟁반을 내려다보며 나는 혼자 선심이라도 쓰듯 고개를 끄덕였다. 기다린 보람이 있었다. 가격은 2.50유로. 토스트에 잼 두 가지와 버터가 푸짐하게 나왔다. 고급 재료로 정성껏 차린 흔적이 한눈에 드러났다. 커피 한

퐁피두 광장을 바라보고 있는 카페 보부르의 테라스.

퐁피두센터 앞 광장엔 언제나 많은 사람들이 모여들며, 재미있는 묘기들도 펼쳐진다.
아이들에게 풍선을 불어주다가 잠시 쉬고 있는 삐에로의 모습.

잔까지 해서 모두 5.50유로. 저렴하면서도 실속 있는 아침식사다.

나는 코스모폴리탄이 된 듯한 착각에 빠져 맛있게 아침을 먹었다. 파리스러움을 너무 강조하지 않은 카페 스타일과 빵, 세계의 여행객 누구라도 불편함을 느끼지 않을 것 같은 분위기에 취해서.

맛있게 먹은 뒤 카페 밖으로 나갔다. 홀만큼이나 넓은 테라스에는 여러 가지 색깔의 의자들이 놓여 있고(이 의자들 또한 디자이너의 작품이다), 그 의자 색만큼이나 다양하게 생긴 사람들이 한 방향으로 가득 앉아 있었다. 그것만으로도 이색적인 풍경인데 그들의 시선 너머로 진정한 볼거리가 펼쳐져 있었다. 바로 퐁피두 문화센터다. 햇빛을 받은 퐁피두의 외관이 반짝반짝 빛나고 먼 곳에서 온 여행객들이 이 생동감 넘치는 파리의 표정을 카메라에 담느라 분주했다.

••• Café Beaubourg
43 rue Saint Merri
Ⓜ Rambuteau

'흡연실' 이라는 의미를 가진 카페 르 퓌므와르. 언뜻 어둑하고 매캐한 실내가 떠오르지만, 이곳을 채우고 있는 건 담배 연기가 아니라 3,000권의 책이다.

Le Fumoir

르 퓌므와르

내 친구 중에는 외국인이 참 많다. 외국에서 살면서 당연한 거 아닌가 생각되겠지만 그렇지가 않다. 사실을 말하자면, 파리에서 지내는 동안 프랑스 국적을 가진 친구보다 다른 외국인 친구들을 훨씬 많이 만났다. 우선 학교엔 세계 각지에서 온 학생들로 가득했고, 내가 살던 기숙사 역시 다양한 국적의 사람들이 모여 있었다. 처음엔 프랑스 사람으로 알았던 친구들도 나중에 친해지고 보면 외국인인 경우가 많았다. 나는 다양한 사람들이 섞여 있는 환경을 좋아해 늘 기숙사에서 지냈다.

우리가 서울에 대해 무심하듯이 프랑스인들도 익숙한 파리의 풍경을 무심하게 받아들인다. 하지만 이방인으로서 외국에 살다보면, 모든 일을 호기심 어린 시선으로 바라보게 된다. 이방인이 현지인들보다 더 그곳의 삶에 정통할 수 있는 이유다.

나의 외국인 친구들 중에도 파리 사람들보다 더 파리를 잘 아는 사람이 많았다. 파리에 와 공부하다가 서점을 연 로베르토도 그런 사람 중 하나였다. 그에게 나는 오랜만에 연락을 했다. 로베르토는 다양한 분야의 사람들을 만나 갖가지 이야기를 들었기 때문에 그를 만나면 재미있는 얘기들이 끊이지 않았다.

로베르토는 일요일 오전 11시에 만나자고 했다. 그런데 이 친구, 루브르 박물관 근처의 한 카페를 약속 장소로 잡았다. 학생 시절 우리는 파리의 중심부, 그러니까 관광객들이 많이 몰리는 샹젤리제라든지 오페라 극장 근처에는 얼씬도 하지 않았었다.

루브르 박물관과 오페라 극장은 알아도 그 주변은 내게 생소했다. 나는 루브르 미술관 역에서 내려 걷기 시작했다. 루브르 미술관 외벽을 옆으로 바라보며 리볼리 거리를 따라 지하철 한 정거장 거리인 루브르 리볼리 역까지 갔다. 그 길을 한 번도 걸어보지 않았기 때문에 일부러 한 정거장 전에 내렸던 것이다. 사람들이 많이 몰리지 않아 한산하고, 담 안쪽으로 루브르 정원도 구경할 수 있는 이 길은 아주 근사했다.

루브르 리볼리 역에 이르자 메트로 출구 바로 앞에 로베르토가 말한 카페가 보였다. 르 퓌므와르Le Fumoir. 카페 이름이 흡연실이라니! 얼마 전부터 파리 카페 실내에서 금연을 시행하고 있으니 이름도 금연실로 바꿔야 하나.

카페도 카페지만 나는 동네 분위기에 완전히 취해 건너편으로 갔다. 그냥 들어가기가 아까울 정도로 주변 전망이 내 마음을 사로잡았던 것이다. 조각물이 설치된 큰 성당이 한눈에 들어왔다. 널찍한 보행로까지 갖춘 성당의 고즈넉한 풍경이 평화로웠다. 이런 장소 바로 옆에 카페가 있다. 상상만 해도 멋지지 않은가.

카페 테라스에 앉아 건너편을 바라보면 루브르 미술관 끄트머리, 커다란 성채 같은 모습이 들어온다. 이쯤 되면 굳이 카페 안으로 들어가고 싶은 마음이 없어진다. 아닌게 아니라 테라스엔 벌써 자리가 없었다. 할 수 없이 안으로 들어갔는데 로베르토가 아직 도착하지 않아 나는 부담없이 바에 앉았다. 오래된 카페의 역사를 말해주는 묵직한 탁자, 친절한 갸르송과 매니저가 바지런히 몸을 움직였다.

입구 쪽엔 프랑스 신문과 외국 신문들이 잔뜩 놓인 탁자가 있었다. 고객을 위해 비치한 것들이다. 파리 곳곳의 카페를 다녀봤지만 외국 신문까지 비치해둔 곳은 흔하지 않았다. 지적인 카페 분위기에 반한 나, 두리번두리번 카페를 탐색하기 시작했다.

그렇게 눈을 멀리 돌리다가 나는 이 카페의 진짜 특성을 발견했다. 그건 외부 풍경도, 외국 신문도 아니고, 홀 안쪽 깊숙이에 마련된 커다란 서가였다. 서가를 가득 메운 3,000여 권의 책들! 커다란 저택의 서재 같기도 하고, 도서관 같기도 한 방이었다. 책들은 5유로 정도의 보증금을

루브르의 외벽을 따라 한참을 걷다보면 건물의 끝부분에 다다르게 된다. 건물을 등지고 맞은 편을 바라보면 퓌므와르가 아담하게 나를 기다리고 있다. 이렇게 소개하면 좋으려나, 루브르의 옆집이라고.

퓌므와르에서 몇 분쯤 걸어가면 만날 수 있는 분수대.

맡기고 대여할 수도 있는데, 다 읽은 후에는 다른 책과 바꿔 빌릴 수 있다고 한다.

내게도 넘치는 시간이 있어 커피를 마시며 여기 있는 소설들을 한 권씩 한 권씩 읽을 수 있게 된다면 얼마나 좋을까.

역시 로베르토는 좋은 친구다. 그가 알려주지 않았다면 나는 이곳 퓌므와르를 발견하지 못했을 테니까.

갸르송이 내 앞에 작은 촛불을 켜주었다. 그러고는 아무 말 없이 씩 미소를 지어보였다. 그런데 로베르토는 왜 아직 안 오는 걸까……. 어쩐지 좀 이르다 했지. 파리 사람들에게 일요일 오전 11시는 전화조차 쉽지 않을 만큼 이른 시간이니까. 나는 그에게 독촉 전화를 하지 않았다. 대신 이곳의 대표 메뉴라는 클럽샌드위치와 과일 칵테일을 주문한 뒤 그 오래된 서가로 다가가 책 한 권을 빼들었다. 그래 오늘부터 시작하는 거지 뭐. 이 서가의 소설들을 한 권씩 읽어 내려가는 거.

••• Le Fumoir
6 rue de l' Amiral de Coligny 75001
Ⓜ Louvre Rivoli

몽마르트르를 걷다가 그곳과 가장 잘 어울리는 카페를 발견했다면, 그 이름은 보나마나 '라 페토디에르' 일 것이다. 어쩐지 뒷켠에 양이라도 기르고 있을 듯, 목가적인 상상을 불러일으키는 그곳.

La Pétaudière

라 페토디에르

아무리 현실의 무게가 버거워도 저절로 떠오르는 생각들을 물리치기는 쉽지 않다. 몽마르트르 언덕은 가지 않아도, 특별히 가고 싶지 않아도 가끔 한 번씩 마음을 차지하는 날이 온다는 걸 나는 어느날 문득 깨달았다. 내가 몽마르트르 언덕을 지키는 사람도 아니고, 기다리는 사람이 있는 것도 아닌데 때때로 나는, 불현듯 그곳으로 달려가곤 했다. 파리 시장, 아니 18구 구청장이 나에게 그곳 관리인을 맡긴다면 잠도 못 자지 않을까 싶다.

오래 전부터 마음속에 담아두었던 그 일대 순례를 정말로 더 미루지 말고 해보자는 생각으로 집을 나섰다. 그건 상상보다 훨씬 더 굳은 각오가 필요했다.

많이 걷기 위한 만반의 준비는 기본. 관광객이 많더라도 복잡하다 생각하지 말고 즐길 것이며, 혹시 당장 실망감이 들더라도 나중에 또다시 그리워할 날이 온다는 걸 염두에 둘 것.

나는 이렇게 복잡한 생각까지 하며 메트로 피갈 역에서 내려 길 건너라 푸르미 카페 앞으로 갔다. 그곳에 몽마르트르 언덕 순환버스 정류장이 있기 때문이다. 출구 바로 앞 작은 광장이 종점이긴 하지만 나는 그냥 조금 걸었다. 버스는 평일에 약 10~15분 간격으로 있으므로 그걸 타고 한 번 전체를 둘러보는 것도 괜찮을 것 같았다. 가다가 마음에 드는 곳이 있으면 내려서 구경한 뒤 다음 차를 타고 이동하면 되니까. 요금은 시내버스와 동일하며, 메트로에서 구입할 수 있는 일주일짜리 정액권(월요일

오르막과 내리막이 끝없이 이어질 것 같은 몽마르트르. 이 언덕 꼭대기에선 파리 시내 전체를 내려다볼 수 있다.

잠시 자리를 비운 화가 아저씨(왼쪽). 새를 그리고 있는 벽 속의 화가(오른쪽).

라 페토디에르의 사람들. 이곳에선 일하는 사람들과도, 손님들과도 스스럼 없이 친구가 될 수 있다.

부터 일요일까지 파리 시내 모든 지하철과 버스를 이용할 수 있는 티켓. 체류기간이 4~5일뿐이어도 대중교통을 많이 이용한다면 정액권을 사는 게 훨씬 이익이다)으로도 탑승이 가능하다.

나는 정말로 관광객처럼 버스를 탔다 내렸다 하며 열정적으로 그 일대를 돌아다녔다. 그러는 사이 하루 해가 저물고 있었다.

언제 시간이 이렇게 지나갔지?

한나절이 다 가도록 시계 한 번 쳐다볼 틈 없는 곳이 바로 이곳이다. 왜곡돼 있던 기억을 매번 수정해야 하는 곳이기도 하다. 나는 마치 처음

보는 듯 커다란 풍차가 걸려 있는 레스토랑 앞에도 내려보고, 그 뒷길로 들어가 조용한 봄날의 꿈속같은 골목도 거닐어보았다. 그러다가 다시 내려와 화가들의 광장으로 유명한 그 테르트르 광장까지 걸어갔다. 버스 정류장부터 그리 멀지 않은 곳이었다.

언제 봐도 정감 있고 재미있는 곳이지만 그 옆길, 뒷길을 둘러보고 싶어 나는 광장을 빠져나갔다. 광장엔 발 디딜 틈이 없을 정도로 사람이 많았는데, 뒷길은 개미 지나가는 소리까지 들릴 듯 조용하다. 살바도르 달리 광장으로 꺾어져 들어가는 곳도 마찬가지였다. 그러다가 그 길을 한 바퀴 돌아 내려오면 다시 화가의 광장으로 이어지는데, 그 길은 정말 시골 언덕길처럼 조용하고도 분위기가 있었다.

바로 그 길 끝, 광장으로 이어지는 초입에서 예쁜 카페 하나가 눈에 띄었다. 시골풍의 나무 벽, 다락방을 연상시키는 구조. 이 동네와 무척 잘 어울리는 곳이었다. 내 눈길은 벽에 붙은 포스터로 자연스럽게 옮겨갔다. 포스터들은 그 방을 다 채우고도 모자라 안쪽 방까지 연결돼 있었다. 1976년 몽마르트르 포도 수확 포스터, 1977년 포스터, 1978년, 1979년… 수십 년 간의 포스터가 붙어 있었다.

"그러니까 1976년부터 몽마르트르에서 포도수확이 시작됐다는 얘긴가요? 그보다 더 오래 됐을 것 같은데요?"

"물론이죠. 그보다 훨씬 오래 전부터죠."

직원 한 사람이 그렇게 대답했다.

페토디에르Pétaudière는 포도밭 근처의 한 주점, 로트렉의 그림에 나오는 술집 풍경 같기도 했다. 위치가 위치인 만큼 한산할 틈이 없을 정도로 끊임없이 손님들이 드나들었다. 홀에서 피아노로 연주되는 경쾌한 곡은 카페 곳곳에 장식된 익살스러운 그림과 직원들의 생기발랄한 표정에 썩 잘 어울렸다.

다락방으로 올라가자 재미있는 광경이 펼쳐진다. 아랫쪽 홀을 내려다볼 수 있는 큰 창문이 나 있는데, 그곳에서 바라보는 홀 풍경이 한 폭의 그림이다. 하루 이틀에 만들어진 풍경이 아니다. 오랜 시간 사람 손길이 닿아야만 그런 모습이 만들어질 수 있는 건 당연한 일.

점심시간이 지났는데도 종업원들은 끊임없이 드나드는 손님 때문에 식사를 하다 말고 수시로 일어나야 했다. 나는 동전을 테이블에 놓고 소리없이 일어섰다.

"또 오세요!"

언제 봤는지 그들이 뒤에서 인사를 했다. 손님이 그렇게 많은데도, 그들의 친절한 목소리는 한결같았다.

몽마르트르에 와서 목적지를 잃었다면 고민할 것 없이 그냥 이곳으로 발길을 옮겨도 좋다. 길가에 창문을 내고 손님들에게 직접 구워주는 딸기잼 크레프 향기와 발랄한 피아노 소리에 이끌려 문으로 들어서면, 이곳이 파리인지 시골 농가인지 모를 포근한 풍경이 펼쳐진다. 그리고 그림 속에서 막 빠져나온 듯 생생한 표정의 직원들이 당신에게 인사를 건네면 당신은 어제도 이곳에 왔던 사람처럼 자리에 앉는 것이다. 그러면 알게 된다. 왜 사람들이 이곳에 올 수밖에 없었는지.

••• La Pétaudière
7 rue Norvins 75018
Ⓜ Pigalle

셰 프랑시스에 갈 땐 조금 멋을 내도 좋다. 패션 에비뉴 한복판에 자리잡은 이곳에선 유명 인사들과 마주치는 일이 흔하니까.

Chez Francis

셰 프랑시스

패션에 관심이 있는 사람이라면 안다. 파리에서 가장 볼 만한 곳은 라파이예트 백화점이나 프랭탕 백화점이 아니라 파리에서 가장 유명한 두 개의 에비뉴, 조르쥬 V George V와 몽테뉴 Montaigne라는 사실을. 그곳에 가면 세계 유명 브랜드를 한꺼번에 만난다. 루이뷔통 플래그십 스토어, 디오르, 구찌 등 명품 매장을 배경으로 은색 벤틀리나 페라리, 검은색 메르세데스 등 고급 승용차를 타고 온 패셔니스타와 셀러브리티들을 볼 수도 있다.

넓은 길들은 아름다워 산책하듯이 다닐 수 있다. 이곳을 잘 모르는 사람이라도 다이애나 왕세자비의 교통사고로 더 유명해진 알마 마르소 Alma Marceau 다리는 들어봤을 것이다. 메트로 알마 마르소 역에서 내리면 에비뉴 몽테뉴와 조르쥬 V로 나가는 표지판을 볼 수 있다. 아니면 샹젤리제 쪽에서 프랭클린 D. 루스벨트 Franklin D. Roosevelt 역에 내려 이 길로 들어가면 된다.

이곳이 바로 파리 패션의 심장부다. 여기에 매장을 얻기가 얼마나 어려울지는 패션에 관계가 없는 사람이라도 쉽게 짐작할 수 있다. 명품 매장 외에도 최상급 호텔과 샹젤리제 극장, 고급 비즈니스 사무실 등으로 가득 차 있으니.

하지만 아무리 우아하고 볼거리 많은 지역이라도 카페와 레스토랑이 없는 동네는 파리에서 사랑받기 어렵다. 두 길이 옆으로 나란히 나뉘는 초입엔 카페들이 여러 개 있다. 알마 마르소 다리와 에펠탑을 향해 근사한 전망을 차지하고 있는 것이다. 센 강을 유람하는 바토므슈 정류장도

샹젤리제에서 쇼핑을 하다 셰 프랑시스에 들르는 코스라면, 개선문과 에펠탑, 몽테뉴 에비뉴를 한꺼번에 구경할 수 있다.

늦은 오후의 맥주 한 잔과 에펠탑.

바로 건너편에 있다.

이런 전망 정도면 당연히 카페가 들어서야지. 바로 이런 점이 파리 카페들의 특권이니까.

20~30층짜리 아파트를 세우는 대신 누구에게나 파리의 경관과 햇빛을 즐기도록 기꺼이 카페에 자리를 제공해주는 파리의 건물주들. 아름다움과 낭만을 그렇게 공유하며 사는 파리 사람들의 사고방식은 때때로 부러움을 넘어 존경심이 절로 든다. 에펠탑이 내다보이는 값비싼 아파트는 내 차지가 못 되더라도, 커피값 2유로만 내면 얼마든지 즐길 수 있으니까 말이다.

패션의 거리인만큼 이 구역엔 특히 패션 종사자들과 고급 쇼핑객들이 많이 몰려온다. 카페가 오히려 모자랄 정도다. 카페 앞에 사람들이 줄을 서 있는 모습도 흔히 볼 수 있다. 그중에서도 에비뉴 몽테뉴 초입에 있는 카페 셰 프랑시스Chez Francis는 단연 유명한 곳이다. 세계의 '뷰티풀 피플'들이 거쳐가는 곳임은 물론 테라스에 앉아서 즐기는 파리의 넓은 하늘과 풍경 또한 압권이기 때문이다.

카페 내부는 이 동네에 걸맞게 화려하고 고급스럽다. 벨벳 안락의자와 번쩍이는 검은빛으로 장식된 바의 인테리어, 핑크빛이 도는 램프, 그리고 바닥엔 대리석이 깔려 있다. 선글라스를 낀 남자들이 소파에 푹 파묻혀 쿠바산 시가를 피우고 있는 풍경도 이곳에선 낯설지 않다.

두꺼운 안경을 끼고 카페에 드나들었던 아일랜드의 소설가 제임스 조이스(그는 스위스 제네바에 있을 때도 카페에 자주 갔는데, 사람들이 그가 누구인지 모를 정도로 말이 없었다고 한다)도 이곳 셰 프랑시스에 자주 왔다고 한다. 이곳에서 소설 《더블린》에 대해 토론하는 그의 모습을 볼 수 있었다는 것이다.

쇼핑을 즐기다 간단히 커피 한 잔을 하고 싶다면 오후 3시 30분 이후에 가는 것이 좋다. 12시부터 시작되는 점심식사 피크타임이 이런 유명한 곳에서는 보통 3시 이후까지 이어지기 때문이다. 봄부터는 실내 문도 활짝 열려 있어서 전망을 바라보며 쉬기에 더할 나위 없이 좋다.

••• Chez Francis
7 Place de l' Alma 75008
Ⓜ Alma Marceau

시공간을 초월해 호젓한 기분을 느끼고 싶다면, 생 폴 빌라주의 터널 같은 입구로 조심스레 발걸음을 옮겨보자. 깜짝 놀랄 만한 일이 벌어질 테니.

Montecao

몽테카오

카페 몽테카오Montecao는 다소 찾기 어려운 곳에 위치해 있지만 공들여 찾아온 보람을 느끼게 해주는 곳이다. 우선 이 동네 이름부터 밝히자면 생 폴 빌라주Saint Paul Village.

내가 가장 좋아하는 곳 중 하나인 생 폴 구역은 끝없이 새로운 유행들이 유입되며 다채롭고 활기가 넘쳐서 몇 번을 가봐도 그때마다 문화적 충격을 받곤 한다. 파리 1대학과 4대학이 있는 소르본Sorbonne 구역, 그랑제꼴유명대학들이 많이 있는 팡테옹Pantheon 뒤쪽, 파리 6, 7대학들이 있는 쥐시외Jussieu 구역 등 대학가를 제외하고 젊은이들이 가장 많이 몰리는 동네이기도 하다.

어느날 말 그대로 상상하지 못했던 장면이 내 눈앞에 열렸다. 골목길에 씌어 있는 표지판을 따라 들어간 생 폴 빌라주.

어떻게 표현해야 할까. 시골 마을 같다고 해야 할지, 중세로 거슬러 올라간 느낌이라고 해야 할지, 영화 세트 같다고 해야 할지……. 나는 그저 신기한 생각에 망연히 바라보기만 했다. 마치 깜짝쇼 같았다. 믿겨지지 않는 풍경을 눈앞에 두고 나는 내 머리만 탁탁 쳤다.

'생 폴 구역을 그렇게 다녔으면서 어떻게 이곳을 몰랐던 거지? 세상에, 이런 곳이 있었다니!'

지나가면서 표지판을 보기는 했지만 들어갈 생각은 안 했었다. 좁은 길 입구에 아주 작게 적혀 있는 데다 설마 이런 곳일 줄 상상도 못했기 때문이었다. 파리에 산 지 여러 해 지나도록 이곳에 대해선 이상하게 단 한

생 폴 구역에 발을 들여놓았다면, 생 폴 빌라주 안내 표지판을 확인하며 걷자.
입구가 여러 방향으로 나 있으므로, 근처를 배회하다보면 어렵지 않게 마을에 들어설 수 있다.

물건을 팔고 사는 사람들 모두 영화배우가 아닐까 생각했을 만큼 현실감이 희미한 곳.
천천히 생 폴 빌라주를 거닐다보면 마치 중세 영화의 조연배우라도 된 기분이다.

번도 들어보지 못했다.

이렇게 감쪽같이 숨어 있을 수가!

이곳은 한마디로 옛 마을을 그대로 보존해둔 듯한 모습이었다. 갤러리와 앤티크 가게들, 공예품 가게들이 평화롭게 옹기종기 모여 있는 골목엔 지나다니는 자동차도 없었다. 놀란 토끼처럼 나는 눈을 동그랗게 뜨고, 평화롭다 못해 적요한 마을을 기웃기웃, 구석구석 두리번거렸다. 아무도 없는 전시장처럼 사람들 소리도 들리지 않고 실제로 안에는 주인조차 보이지 않는 가게들이 많았다. 하지만 이곳은 모두 활발히 영업을 하는 곳이며 알뜰살뜰 손질되고 있음을 금방 느낄 수 있었다. 갤러리의 높은 천장이 밖에서도 보이는데, 하루 이틀 다듬어진 모양새가 아니었다.

앤티크 가게는 마당에 탁자를 펼쳐놓고 그 위에 그릇, 테이블보 등을 전시해놓았으며, 장식품을 파는 가게는 앞마당에다 재미있는 물건을 진열해놓고는 한가로운 듯 손님을 기다렸다. 마을은 두 개의 큰 마당을 중심으로 네모난 형태로 모여 있는데, 안으로 연결된 두 마당에는 입구가 사방 네 군데에 나 있다. 그러니까 이 마을은 별도의 블록을 이루며 시내 한복판에 덩그러니 놓여 있는 것이다. 그렇지만 이웃 길과 바로 붙어 있어 쉽게 구분되지는 않는다.

생 폴 빌라주에 가려면, 메트로 생 폴 역에서 내려 생 앙트완 거리를 찾아나가면 된다. 얼마 안 가 오른쪽에 큰 교회Saint Paul Saint Louis가 보이고 교회를 지나면 첫 골목길 입구에 'Saint Paul Village' 라고 적힌 표지판이 보일 것이다. 생 폴 빌라주는 원래 샤를마뉴 5세의 정원이었던 곳에

식물원 온실 같은 실내에서 식사를 해도 좋고, 테라스에서 에스프레소를 마셔도 좋고.

세워졌는데, 1970년부터 1981년까지 건축가 펠릭스 가티에르Felix Gatier가 복원하여 정리했다고 한다.

이 마을에서 또 하나 눈에 띄는 곳이 카페임은 두 말할 필요가 없다. 카페가 곧 생활의 주요 활동지나 다름없는 파리인들에게는 그곳이 무엇을 하는 동네든 카페를 갖추고 있지 않으면 무의미하게 보일 것이다. 동네에 단 하나밖에 없는 카페 이름은 몽테카오Montecao. 마을의 깨끗한 회색 빛 돌벽과 잘 어울리는 밝은 회색 톤 외벽을 두른 곳이었다. 장소의 특별함 덕분일까? 조용하면서도 세련된 몽테카오가 고풍스러우면서도 트랜디한 명품처럼 느껴졌다. 따사로운 햇살과 고요한 마을 분위기에 한껏

이 터널만 지나면, 마법처럼 다른 세계가 펼쳐지리라.

나른해진 나는 자석에 이끌리듯 테이블 하나를 차지하고 앉았다.

테라스에 앉아 이 고요하고 아름다운 마당을 찬찬히 음미했다. 비밀의 정원Secret Gardin이 따로 없었다. 파리 한복판에서 중세의 마을로 순간 이동한 듯, 바깥의 소란스러움이 완전히 잊혀졌다.

그날 이후 생활에 지칠 때마다 나는 이 따스한 마당으로 살짝 숨어들어가고 싶은 충동에 휩싸이곤 했다. 좁은 골목을 지나고, 교회를 지나고, 넓은 운동장에서 공을 차는 아이들을 바라보며 걷다보면 작게 걸린 마을 표지판이 손을 흔들겠지. 그럼 나는 떨리는 마음으로 낮은 터널 같은 입구를 걸어들어가, 카페 테라스 한켠에 앉아 에스프레소를 시킬 것이다. 진한 커피 향기와 함께 여유로운 마음까지 내 앞으로 배달되는 이곳에서 하루를 온전히 보낼 수 있다면 참 좋겠다.

••• Montecao
23. 25. 27 rue Saint Paul
Ⓜ Saint Paul

마치 유명한 조각가의 조형물처럼 원피스를 입은 마네킹이 카페 앞을 지키고 있다.

La Grande Épicerie

라 그랑드 에피스리

프랑크 에 피스Franck & Fils 백화점이라고 하면 아는 사람이 별로 없겠지만 16구 블로뉴 숲 근처라고 하면 고개를 끄덕거릴 사람이 많을 것이다.

앞에서도 얘기했던 파시 구역은 파리에서 가장 비싸고 평화로운 주거지이지만 카페가 많은 동네는 아니다. 시장, 백화점, 레스토랑, 향수 가게, 홈인테리어, 극장, 공원, 중고물품 가게까지 필요한 만큼은 충분히 있지만 밀집돼 있다는 인상은 주지 않는다. 외양도 화려하게 눈길을 끌려고 애쓰기보다는 건실하고 실속 있으며 보수적인 선택을 하는 편이다.

이 동네 주민들은 마치 이곳에서 자급자족하는 게 아닐까 하는 느낌이 들 때가 있다. 찾는 게 없으면 가게에서 주는 대로 사가거나 주문해놓고 몇 달을 기다리는 사람들도 흔하다. 마을에 물자가 귀하던 시대처럼 말이다.

오래되어 더이상 몇 년이 지난 건지 알 수 없는 코트를 걸친 노인들이 시간을 잊고 사는 곳……. 부유하고 멋진 노인이라면 가까운 곳에 있는 백화점 프랑크 에 피스에 믿음직한 집사를 보내 물품을 구매할지도 모른다.

고급스럽고 아담한 이 백화점엔 모든 것이 필요한 만큼 꼭 있어 한 번 이곳을 알면 다른 데는 가고 싶지 않다는 생각이 들 정도다. 일부러 산책 삼아 들르는 사람들도 많다.

우연한 기회에 이 동네로 이사를 했다. 이사한 기념으로 뒷골목을 산

백화점 내부 모습. 고운 빛깔의 옷들을 지나 뒤쪽 계단으로 올라가면 그랑드 에피스리를 만날 수 있다.

책하다가 유난히 노란색 간판이 눈에 띄어 호기심에 들어가보았다. 남들은 바캉스를 떠난 어느 여름, 나는 점수가 안 좋았던 소논문 몇 개를 다시 수정하느라 쓸쓸히 동네를 지키고 있던 참이었다. 커다란 건물이 백화점 같긴 한데 그냥 'Franck & Flis' 라고만 적혀 있었다. 유럽 대부분 상점에는 간판이 '휘황찬란하게' 붙어 있지 않고 크기도 작아 눈에 띄지 않는 경우가 허다하다. 병원도 아주 작은 글씨로 '닥터 아무개' 라고만 적어둔 곳이 많고, 간판을 아예 달지 않은 회사들도 많다.

메트로 라 뮈에트에서 바라보면 커다란 노란색 간판이 쉽게 보인다. 여름이라 세일을 하고 있는데도 사람들이 많지 않았다. 원체 관광객들이

프랑크 에 피스 백화점에서 파시 역으로 가는 길은 필수 산책 코스.

많지 않은 데다, 이 지역 파리지앵들은 모두 떠나버렸으니까. 기분도 울적한데 티셔츠나 하나 살까 하고 기웃거리다가 3층까지 올라갔다.

3층 구석까지 갔는데 전혀 상상하지 못했던 장소에 갑자기 카페가 나타나는 것이었다. 마치 숨어 있는 것처럼 비밀스럽고 조심스럽게, 사적인 느낌으로. '아는 사람만 살금살금 오세요.' 라고 말하는 듯했다.

과연 조용한 살롱의 카페다운 분위기였다. 붉은색 벨벳 소파, 커피잔과 설탕 그릇이 정성스럽게 놓인 테이블이 눈에 들어왔다.

그런데 언젠가부터 이곳 인테리어가 바뀐 것 같았다. 오랜만에 갔더니 핑크와 화이트, 메탈이 세련되게 어울린 모던 카페로 탈바꿈해 있었다.

진열대엔 화려한 모양의 샌드위치와 과자들이 가득하다. 하얀색 커튼이 달린 창가 테이블과 하트 모양 각설탕을 얹은 에스프레소에 어울리는 음식은 뭘까?

언제 바뀐 걸까? 오너가 달라진 걸까? 백화점 자체에서 대대적인 보수공사를 했나? 갖가지 의문들이 꼬리에 꼬리를 물었지만 중요한 건, 현재의 인테리어가 너무 멋지다는 사실이었다. 그러므로 과거는 잊어버리자!

입구에 진열된 먹음직스러운 과자들이 발걸음을 붙잡았다. 차라리 쇼핑은 관두고 이곳에 주저앉는 게 돈을 절약하는 일 아닐까?

언젠가 다시 이곳 파시 구역에 살게 된다면 커다란 창문을 끼고 있어 어둡지 않은 이곳 카페를 작업실 삼아 노트북 펴놓고 일하고 싶다는 생각이 들었다. 창밖으로는 블로뉴 숲이 보이고…….

••• La Grande Épicerie
Franck & Fils 80 rue de Passy
Ⓜ La Muette

Café Culture

7장 카페 컬쳐

- 오 파를르와르 뒤 뷰 콜롱비에 Au Parloir du Vieux Colombier
- 르 장고 Le Zango
- 르 메카노 Le Mécano
- 라 샤레트 La Charette
- 랑트르포 L' entrepôt

수도원과 카페가 조화롭게 공존하는 '마음의 카페'.

Au Parloir du Vieux Colombier

오 파를르와르 뒤 뷰 콜롱비에

이 카페야말로 파리에서 가장 이색적인 카페 중 하나라고 할 수 있을 것이다. 우선 이름부터가 길고 특이한데, 알고보면 간단하다. 'Parloir'는 봉쇄수도원에서 수도자들이 일반인들을 만나는 곳, 즉 면담실이다. 지극히 개인적이고 조용하게 대화를 나누는 장소를 의미한다. 그 다음 'Vieux Colombier'는 이 카페가 위치해 있는 길 이름이다. 데카르트 길에는 데카르트 카페가 있고, 생 제르베 길에는 생 제르베 카페가 있듯이. 사람들은 이곳을 그냥 파를르와르라고 부른다.

이름만 설명해도 이 카페의 특색이 금방 드러나지만, 문으로 들어서면 더욱 확실해진다. 카페는 성자상이나 십자가 등 종교적인 상징물로 가득하다. 아주 소박하고 탁자도 몇 개밖에 없다. 인테리어라고 할 것도 없이 그저 하나씩 갖다놓은 게 시간이 지나면서 모양새를 갖춘 것 같았다. 심지어 시내 한복판에 있는 카페라고 믿어지지 않을 만큼 커피값도 싼 편이라 나도 처음엔 놀랐던 기억이 난다.

학교에서 만난 친구 마리조 덕분에 이곳에 자주 가게 되었는데, 교회 일을 도우며 자원봉사도 많이 하는 그녀는 자연히 교회 사람들과 잘 어울렸다. 웬만해선 카페에도 잘 가지 않는 그녀가 거의 유일하게 찾는 카페가 이곳이었다. 오후에 속이 출출하면 나 또한 이곳에 들러 과일파이와 주스를 시켰는데, 직접 만든 파이에 과일주스가 참 신선했다. 이보다 더 친절할 수 없을 정도로 정성스럽고 편안한 서비스와 인간적인 냄새가 훈훈하게 풍기는 곳이었다.

누가 주방에서 일하는 사람인지 그런 건 중요하지 않으니 예의를 갖춰 주문하고 느긋하게 앉아서 기다리다가, 테이블에 '놓인' 음식을 먹으면 된다. 이곳 분위기가 절로 이런 생각이 들게 한다.

실제로 이곳은 자원봉사자에 의해 운영되고 있다. 프랑스의 수도원에서도 하루 방값과 식사비 등이 대략 얼마로 정해져 있지만 각자 형편에 따라 내면 되듯이(없는 사람은 작은 봉사로 대신하고, 넉넉한 사람은 기부를 할 수도 있으니 말이다) 이곳도 일반 카페보다 가격이 훨씬 저렴하다. 예를 들어 친구와 함께 홈메이드 사과 타르트 한 개와 오렌지빵 한 개, 생과일 주스 두 잔을 주문해도 10유로가 넘지 않는다.

그래서 이곳을 '마음의 카페'라고 부르는 사람들도 있다. 18년 전 몇몇 기독교인들이 어려운 사람들을 돕기 위해 이 카페를 열었던 것이다. 혼자 사는 사람들, 정신적인 스트레스로 고통받는 사람들, 이혼한 부부 등 삶의 문제를 겪고 있는 사람들이 서로 대화를 나눌 수 있는 장소를 제공하자는 취지에서였다. 처음엔 일종의 협회 살롱 같았는데, 점차 이름이 알려졌고 규모도 커졌다.

마리조는 한때 세례 지원자 한 사람을 정기적으로 만나 신앙 대화를 나누는 장소로 이 카페를 활용하곤 했다. 이곳은 신부가 정기적으로 와서 일반인과 대화를 나누는 날도 있고, 개인적으로 신앙 상담을 하는 사람들도 많이 찾는데, 보통은 혼자 오는 사람들이 더 많아 보였다. 조용히 책을 읽기도 좋고, 단골들끼리 부담없이 만나기도 좋은 곳이다. 마치 사랑방에 모이듯 약속 없이, 지나가다가 문득, 그냥 한 잔 하고 싶어서 그

카페 안에도 밖에도, 다정하고 조용한 공기가 흐른다(위). 빨간 셔츠를 입은 할아버지가 사과 타르트와 과일주스를 정성껏 만들어 내오셨다. 그가 일하던 주방 위로는 종교 상징물들이 예쁘게 놓여 있었다(아래).

카페 뒷문으로 나가면 지하 기도실로 통하는 좁은 계단을 만날 수 있다. 동굴처럼 서늘하고 작은 기도실은 나름대로 구색을 다 갖춰두었다.

렇게 오는 사람들이 많다. 종교와 상관없이 자연스러우며, 사실 기독교인이 아닌 단골들이 많다고 한다.

파리의 교회에 가보면 알 수 있는데, 교회 일을 담당하는 몇 사람을 빼고는 서로 어울리거나 만나는 일도 거의 없다. 여러 군데에서 하는 봉사활동에 각자 참여하거나 명상센터 프로그램을 보고 개인적으로 피정을 신청해 가는 사람들을 나는 많이 보았다.

내가 이곳을 자주 드나들었던 건 기숙사 근처였기 때문이다. 생 쉴피스Saint Sulpice 교회 앞 광장 근처, 학교와 기숙사를 오가는 길목에 있어 자연히 눈에 익었는데 뭔가 궁금증을 갖게 하는 곳이었다. 안을 들여다보면 늘상 사람들이 모여 있기는 했지만 도대체 어떤 용도로 사용되는 공간인지 알 수가 없었다. 그러다가 마리조를 통해 이곳에 발을 들여놓았고 편안한 분위기에 반해 단골이 되었다. 한동안 격조했다가 찾아가면 누군가가 내게 다가와 이렇게 말을 걸기도 했다.

"언젠가 마리조가 찾던데, 왜 이렇게 뜸하셨어요?"

아쉽게도 이 카페는 항상 갈 수 있는 곳은 아니다. 수요일부터 일요일까지, 그것도 수요일에서 토요일은 12시 15분부터 저녁 7시 30분까지, 일요일엔 오후 3시부터 7시까지만 문을 연다. 지하엔 샤펠이 마련되어 있다.

••• Au Parloir du Vieux Colombier
9 rue du Vieux Colombier 75006 Paris
Ⓜ Saint Sulpice

신기하게도, 장고에 갈 때면 비가 왔다.

Le Zango

르 장고

카페 르 장고Le Zango에 갈 때마다 나는 비오는 우충충한 날씨를 떠올리게 된다. 나의 실수로, 그곳에 가기 위해 두 번이나 시도를 하다가 돌아섰는데 그때마다 하필이면 비까지 내려 괜히 기분마저 우울해졌다. 파리에서는 겨울에 비가 자주 내리는데, 기온이 낮은 것도 아니면서 그 쌀쌀하고 을씨년스러운 날씨라니! 흔히 말하듯 뼛속까지 추위가 스미는 날씨, 겪어본 사람은 잘 알 것이다. 1월 기온도 낮에는 영상 10도 안팎이지만 체감기온은 훨씬 더 내려간다.

왜 내가 그 환한 대낮에 실수를 했는지 생각해보면 바보스럽기 짝이 없다. 한 번은 너무 쉽게 생각해 걸어가면서 찾다가 일이 꼬였던 것이고, 또 한 번은 버스를 타고 가다가 대충 그 근처에서 내린 것이 화근이었다. 날씨가 좋았으면 물론 다시 되돌아 걸어갔을 것이다.

장고는 퐁피두센터 근처에 있는 포럼 데 알에서 멀지 않고, 메트로 에티엔 마르셀Etienne Marcel 역에서 내리면 된다. 그래서 세 번째는 무조건 메트로를 탔다. 하지만 두 번이나 실패를 한 탓에 망설여지기도 했다. 인연이 없는 곳인가 싶기도 했고, 여러 번 시도 끝에 찾아낸 곳이 실망스러우면 어쩌나 하는 걱정도 있었다. 그러면서도 이상하게 마음을 끄는 '뭔가'가 있어 결국은 다시 발걸음을 했다.

솔직히 말해 파리 중심부에서 내가 가장 싫어하는 곳이 바로 포럼 데 알 구역이다. 센 강에서 북쪽으로 올라가면서 샤틀레를 지나 포럼 데 알까지 가는 길은 사람도 많고 왠지 복잡하게만 느껴지곤 했다. 한 몫 더 거드는 것은 메트로다. 레알 역은 너무 크고 복잡해 가능하면 나는 항상 그

METROPOLITAIN
le Parisien
ETIENNE MARCEL
les citronniers
29€

메트로 에티엔 마르셀 역에서 내려 5분 정도 걸어가면,
마치 정글처럼 수풀이 무성한 르 장고가 보인다.

곳을 피해서 갔다. 그곳에서 밖으로 나가 포럼 데 알로 간다고 생각하면 머리까지 지끈거렸다. 그런데 어느날, 내 생각이 잘못됐다는 것을 깨달았다. 버스를 타고 가면서 포럼 데 알을 바라보자 앞서 말한 이유들이 모두 사라져버린 것이었다. 그곳의 매력이 한 눈에 보였고, 그곳이야말로 얼마나 특이한 곳인가를 제대로 알 수 있었다.

그곳 광장에 있는 생 외스타슈Saint Eustache 교회에서 메트로 에티엔 마르셀로 걸어가는 길도 좋다. 불과 5분 정도밖에 걸리지 않으며 조용하기 때문. 그 북쪽은 상업지역이라 그다지 볼 만한 것이 없으니, 에티엔 마르셀 부근만 걸어도 충분하다. 매력 있는 카페들을 심심치 않게 만날 수 있다.

세번째 도전한 카페 르 장고는 내 기대를 120퍼센트 채워주었다. 바에서 일하는 젊은 여자와 남자. 두 사람은 마치 먼 길을 떠났다 돌아온 가족을 맞이하듯 나를 반겨주었다. 그들과 함께 바에 앉을까 하다가 나는 이국적인 분위기를 풍기는 테라스에 앉았다.

그곳에 잠시 앉아 있으려니, 나도 모르게 이런 생각이 떠올랐다. 여행자들의 카페.

'미지의 공간, 이국적인 향기를 찾는 여러분을 이곳으로 초대합니다.'

카페가 내게 이렇게 말을 걸어오는 듯했다. 그런데 가만, 이게 무슨 소리지?

밖을 내다보니 또 비가 내리기 시작했다. 나와 장고와 비. 무슨 인연일

장고의 메뉴 첫번째 장엔 'Invitation au Voyage'(여행으로의 초대)라고 씌어 있다. 카페 곳곳엔 여행에 대한 은유가 가득하다. 손님들이 모두 여행자로 보일 만큼(위). 2층 한 구석에서 영어 공부를 하던 사람들(아래).

까. 묘한 인연을 내게 상기시키듯 테라스 벽에 그려진, 밀림을 연상케 하는 커다란 나무가 나를 가만히 내려다본다. 날씨와 참 잘도 어울리네. 새가 허수아비를 보고 도망가듯 비가 나무를 보고 내려오는 것 같았다.

메뉴를 펼치니 여행가와 탐험가 이름을 딴 메뉴들이 익살스럽게 나를 반긴다. 굉장히 많은 음료가 마련되어 있고, 15~18유로 정도면 프랑스 가정식을 먹을 수도 있지만 나는 박하차를 골랐다. 점점 축축해지는 날씨 때문인지 따끈한 박하차가 마시고 싶었다. 그런데 접시에 이상하고 작은 덩어리 하나가 같이 나왔다. 이게 뭘까. 아무리 봐도 모르겠기에 인상 좋은 언니에게 물었다. "아, 이거요? 생강 조림이에요. 넣으시면 더 맛있어요." 세상에, 생강을 못 알아봤다니!

한참 후 화장실에 가려고 천장이 높은 실내로 들어섰다. 화장실로 가려면 넓은 계단을 올라가야 했다. 첫 계단부터 어딘지 특별하다는 느낌이 들기 시작하더니 아니나 다를까, 넓은 응접실이 나타났다. 안락한 응접실 곳곳의 책꽂이에는 세계의 도시를 소개하는 책들이 차곡차곡 꽂혀 있었다. 커다란 지구본도 함께.

그리고 재미있게도, 구석 테이블에서는 나이 지긋한 사람들이 모여 영어공부를 하고 있었다.

'서툰 발음이어도 상관 없다! 토론만 할 수 있다면. 언어를 배우는 건 바로 토론을 하기 위해서니까.'

그들은 아마도 이렇게 생각하고 있을지 모른다. 공부에 열중하는 그들을 보며 나도 각오를 새롭게 했다.

카페 장고에서는 여행자들이 자신이 겪은 경험담을 얘기하며 토론하는 모임을 매월 첫째 주 화요일 저녁 7시에 정기적으로 열고 있는데, 주제는 미리 알려준다. 이밖에도 장고는 컬처 카페답게 홀을 갤러리로 이용하는데, 매월 새로운 작품을 전시한다. 참, 카페 장고는 센 강 왼쪽에도 또 하나의 지점을 가지고 있다.

장고는 야자수류의 식물 이름라고 한다. 더위와 바람을 연상시키는 이름이지만, 이곳에 가만히 앉아 있으면 거친 흙바람보다는 시원한 그늘과 맑은 물소리가 들리는 듯하다. 파리를 여행하고 있는 사람이든, 여행을 꿈꾸기만 하는 사람이든 상관없다. 이곳은 바로 여행, 그 자체니까.

••• Le Zango
15 rue du Cygne 75001 (센 강 오른쪽)
Ⓜ Etienne Marcel

Le Zango
58 rue Daguerre 75014 (센 강 왼쪽)
Ⓜ Denfert Rochereau

철커덕 쾅쾅. 수공업 시대, 남자들의 근육은 아름다웠다. 남성다운 매력으로 넘치는 르 메카노.

Le Mécano

르 메카노

옛날 수공업 공장을 연상시키는 카페라니, 역시 세상엔 기발한 상상력을 가진 사람들이 많다. 처음 카페 메카노Mécano를 봤을 때 나는 그 특이하고 새로운 모습에 마음이 단번에 끌렸다.

이곳은 내가 느낀 그대로 옛날의 수공업 기계 공장1832년에 문을 연 공장을 카페로 꾸몄다. 카페는 1998년에 오픈했는데, 찰리 채플린의 영화를 보는 듯한 환상에다 수공업 시대의 견고함, 거대함, 인간적인 냄새 등이 절묘하게 섞여 있다. 커다란 기계와 동력에 쓰인 부속품, 칼, 도구 같은 것들을 그대로 이용해 인테리어를 꾸몄는데, 그것 자체가 이 카페의 오리지널리티를 배가시켜준다.

옛것이 고급가치가 되는 시대. 옛날 공장의 간판까지 그대로 살린 이 카페야말로 그 트렌드를 제대로 구현하는 본보기였다. 옛날에 쓰던 이발소 의자를 바 앞에 설치했는데, 앉아보니 너무나 편하고 그 카페에도 썩 잘 어울렸다(몇 년 전에 건너편 이발소가 문을 닫을 때 구입했다고 한다). 쇠붙이와 회전바퀴가 단단히 박힌 데다 가죽이 씌워진 그 의자는 앞으로도 100년은 너끈히 버틸 것처럼 견고하고, 고급스러워 보이기조차 했다.

폐쇄된 공장을 카페로 개조한 지 10년 정도 됐다는데 그동안 손익계산을 따져본다면? 말 하나마나 대성공! 메카노는 젊은 파리지앵들에게 폭발적인 사랑을 받고 있다. 이름에서부터 남성적인 느낌이 많이 드는데, 실제로도 남성미가 물씬 풍기는 곳이다. 남자들 중에서도 그냥 보통 남자들, 그러니까 텁텁하고 근력 좋고 여자들에게 잔소리나 듣는 그런 남

맨체스터 유나이티드와 FC 바르셀로나의 축구 중계안내. 낮엔 조용하지만, 저녁이 되면 이곳은 축구와 럭비 마니아들의 흥분과 열기로 가득찬다.

자들 말이다.

이 카페에는 남자들이 아주 좋아하는 공간이 또 하나 있는데, 안쪽 끝 작은 홀이 바로 그곳이다. 천장은 높고 벽에는 철근이 그대로 박힌, 공장 시절부터 있던 그 공간을 원래대로 살려 벽에 대형 스크린을 설치했다.

갖가지 스포츠를 즐기는 프랑스 사람들은 함께 모여 축구나 럭비 경기에 열광하는 시간을 사랑한다. 역시 스포츠는 함께 봐야 제맛인가보다. 파리 생 제르맹 팀과 올랭피크 리옹 팀이 경기할 때는 함성으로 카페가 터질 듯하다.

술병들로 빽빽한 선반 위, 푸짐하게 차려진 테이블 옆으로 오래된 작업 도구와 조형물이 보인다.

남자들의 취향에 가까운 것 같지만 메카노는 여자들이 아주 좋아하는 카페이기도 하다. 안에서 축구 때문에 소란스럽든 말든 여자들은 그녀들만의 비밀을 이곳에서 공유한다. 카페 스태프들의 한결 같은 배려나 마음을 열어주는 따뜻한 분위기, 오래된 것이 주는 묵직한 감동만으로도 그녀들은 메카노에 대책없이 매료된다.

이 카페는 반드시 다시 찾게 되는, 마음을 끄는 뭔가가 있다. 나는 감기에 걸려 기침을 하면서도 지난 겨울 여러 차례 그곳에 갔다. 그런데

겨울의 끝 무렵, 르 메카노를 찾아가는 길.

갈 때마다 그 튼튼한 문이 굳게 닫혀 있었다. 밖엔 아무것도 적혀 있지 않은데, 도대체 무슨 일일까. 안을 가만히 들여다보자 영화 촬영을 하고 있었다. 세상에 통째로 세를 내어 문까지 닫다니!

몇 시에 다시 열지 모르므로 나는 돌아설 수밖에 없었다. 그리고 일주일 후에 또 그곳을 찾았지만 촬영은 아직도 계속되고 있었다. 배우들이 대본을 들고 테이블에 마주앉아 있는 장면이 보였다. 무슨 영화길래 이렇게 오랫동안 촬영하는 거야? 슬그머니 기분이 언짢아졌다. 하지만 다른 한편으로 슬그머니 떠오르는 생각.

'그럴 만해. 나도 나중에 영화감독이 되면 이곳에서 촬영해야지!'

'그녀들' 이 낭만을 꿈꾸며 샐러드(푸짐한 그릇에 연어와 베이컨 등이 듬뿍 든)를 먹거나, '그들' 이 고독을 달래며 타파스(안주거리)를 주문하더라도 이곳에선 10유로로 충분하다. 아참, 오늘 저녁엔 메카노에 꼭 가야 하는데. 맨체스터 유나이티드와 FC 바르셀로나 경기가 있는 날이니까.

••• Le Mécano
99 rue Oberkampf 75011
Ⓜ Parmentier or Ⓜ Saint Maur

사르트르와 카뮈도 그때 이곳에서 샌드위치를 먹었을까? 수십 년 동안 에콜 데 보자르 정문 앞을 지켜온 카페 라 샤레트.

La Charette

라 샤레트

에꼴 데 보자르국립미술대학에서 하는 세미나에 가야 한다고 플로렐에게 말하자 그녀가 대뜸 이렇게 대꾸했다.

"도대체 세미나를 몇 군데나 가는 거야?"

"이번 학기는 그렇게 됐어. 여기저기서 하니까. 뤼 둘름에서 하나, 뤼 다사스에서 하나, 라 카토에서 하나, 그리고 여기 보자르에서 하나. 최소한 네 개는 들어야 하거든."

파리에서 하는 식으로 나는 줄여서 그렇게 말했다. 뤼 둘름은 파리 고등사범학교가 있는 길 이름이고(즉 파리 고등사범학교를 지칭한다), 뤼 다사스는 파리 2대학이 있는 길 이름이며(파리 2대학을 지칭), 라 카토는 파리 카톨릭대학을 부르는 말이다. 에꼴 데 보자르도 그냥 보자르라고 부른다.

"그럼 샤레트에서 샌드위치 먹으면 되겠네?"

플로렐이 말했다.

"샤레트가 어딘데?"

"바로 그 앞에 있는 카페 말이야."

워낙 말이 빠른 데다 파리 구석구석을 알고 있는 그녀에게 서투르게 물었다가는 또 센소리나 들을 것 같아 나는 그쯤에서 입을 다물고 조용히 혼자 찾아보기로 했다. 보자르 앞이라면 어려울 것도 없으니 아쉬운 소리는 그만두는 게 나았다. 보자르가 위치해 있는 보나파르트 길은 워낙 볼 것도 많고 고급 장식품 매장들이 많은 곳이니 분명히 멋진 카페겠지, 라는 기대로 길을 나섰다.

"그런데 거기 샌드위치가 맛있어? 왜 하필이면 거기야?"

"너 시간 없을 거 아니야. 그러면 거기가 최고지."

무슨 뜻이지? 미리 만들어져 있다는 거야? 그럼 빵집이나 똑같잖아.

속으로 잠시 궁금해하고 있는데, 그녀가 뜬금없이 이렇게 말했다.

"샤레트가 무슨 뜻이냐 하면, 나 바빠, 바쁘다구! 그런 뜻이 있거든."

"음, 그렇구나. 너랑 똑같네."

플로렐과 샤레트는 정말로 닮은 꼴이다. 갖가지 아르바이트로 분주히 하루를 보내며 시간을 5, 10분 단위로 쪼개 쓰는 그녀에게 나는 자극을 받곤 했다.

라 샤레트는 보자르 정문 앞에서 수직으로 나 있는 길, 보자르 거리rue des Beaux Arts로 들어가면 바로 보이는 카페인데, 이 길엔 카페가 이곳뿐이므로 쉽게 찾을 수 있다.

세미나가 시작되기 전, 나는 샤레트에 들러 샌드위치를 먹기로 했다. 빵집에서 사면 앉아서 먹을 곳을 찾아(빵집에서 먹으려면 빵값을 더 비싸게 내야 한다) 한참이나 걷는 경우가 많기 때문에 파리에서는 샌드위치를 사기 전에 생각을 해두는 게 좋다. 점잖은 체면에 걸어가면서 먹기 싫다면 말이다.

점심시간이 지나서인지 카페는 한산했다. 바에 걸터앉아 얘기중인 중년여성 몇 명은 이 구역의 갤러리 사람들인 것 같았다. 천장 가까이 높이 걸려 있는 커다란 시계가 눈에 띄었다. 시간을 확인하고 서두르라는 의미일까. 보자르 학생들이 그 시계를 쳐다본다면 절대로 수업 시간을 놓

이른 아침, 에꼴 데 보자르 근처의 골목길.

이 좁은 계단의 용도는?

치지 않을 것 같다.

한쪽 벽에는 벽화처럼 크게 그림이 그려져 있다. 이 카페는 학생들과 보자르 관계자들, 갤러리 사람들이 주요 단골이다. 그들과 역사를 같이 해온 것이나 다름없으니 벽화도 그들 중 누군가가 그렸을 것이다.

주인이 전하길, 자기가 이 카페를 인수한 게 4년쯤 되는데 실제로 옛날에 학교의 누군가가 그린 거라고, 전 주인에게 들었다고 했다. 예전엔 이 카페도 근처에 있는 플로르나 드 마고 못지 않게 유명한 곳이었다. 40년 전에는 유명한 시인 월트 휘트먼도 자주 드나들었다고 한다. 사르트르와 카뮈도 단골이었는데 특히 사르트르는 파리의 유명한 카페라면 어디든지 안 가는 곳이 없었다.

라 샤레트에는 시계가 많다. 주인 아저씨를 늘 바쁘게 움직이도록 만드는 건 대체 무엇일까?

그 시절에는 또한 영화 관계자들이 이곳에 많이 드나들었다. 지금도 가끔 옛날 배우들을 볼 수 있으며, 한물 간 스타일의 재킷을 입은 중년 남자나 포트폴리오를 겨드랑이에 끼고 수줍게 들어오는 젊은 예술가들과 수시로 마주치는 곳이다. 남들의 시선 같은 건 신경쓰지 않는 사람들. 패션의 도시라고 하지만 파리만큼 올드패션을 흔히 볼 수 있는 곳도 없을 것이다. 젊은 사람들도 마찬가지다.

카페는 작은 편인데 한쪽으로 아주 좁은 층계가 있어 자꾸만 그리로 눈길이 갔다. 하지만 실제로 사람들이 사용하는 것 같지는 않았다. 일반 레스토랑에 가도 그런 곳을 가끔 볼 수 있는데, 무슨 비밀스런 용도라도

샤레트 전체를 장식하고 있는 벽화는 옛날 에꼴 데 보자르 학생이 그린 것이라는데, 그는 지금 어떤 사람이 되었을까? 유명한 화가가 되진 않았을까나?

있는 것일까.

주문한 샌드위치가 나왔다. 아주 신선하고 색깔까지 먹음직스러워 보였다. 배고픈 김에 한 입 덥썩 물다가 이런, 나는 그만 웃음이 터져 샌드위치를 떨어뜨릴 뻔했다. 그 좁은 층계에 주인이 물병들을 갖다놓고 있는 것이었다. 프랑스에선 식사 때 미네랄워터를 사거나 수도물을 담은 물병을 주문하는데 사람들이 몰리기 전에 미리 준비해두는 것 같았다. 좁은 층계에 서 있는 잘록한 물병들이 어찌나 우스운지 나도 모르게 주인에게 말했다.

“사진 한 장 찍어도 괜찮을까요?”

“오, 나를 말인가요?”

“그러면 더 좋구요.”

“그러세요. 좋죠.”

그는 물병을 들고 층계 옆에 서서 장난스러운 미소를 지어보였다.

오호! 이게 층계의 비밀 용도였구나!

물병들까지도 미리미리 준비를 마치고 ‘바빠, 바쁘다구!’를 외치는 카페. 그런데 샤레트의 샌드위치는 참 맛있었다. 정겨운 모습에 반해 정신을 놓고 있는 사이, 세미나 시간이 다 되었다. 벌떡 일어나 보자르를 향해 냅다 뛰기 시작했다. “바빠, 바쁘다구!”

••• La Charette
17 rue des Beaux Arts
Ⓜ Odeon

인적이 많지 않은 주택가에 한가롭게 자리하고 있지만, 랑트르포는 파리지앵의 문화생활 일번지다.

L' entrepôt

랑트르포

랑트르포L'entrepôt는 단순한 카페가 아니다. 영화관, 카페, 시네클럽 등 모든 것을 아우르는 컬쳐 클럽이다. 프레데릭 미테랑텔레비전 사회자로도 유명한 문화계 명사이 시네클럽에 착안하여 20여 년 전 오픈한 이곳에는 영화관 세 개와 레스토랑, 바, 카페, 테라스까지 갖춰져 있다. 말하자면 파리 문화 애호가들의 저녁을 풀코스로 책임지는 곳이다. 과대광고 아니냐고? 그러면 이렇게 말하는 게 좋겠다. 최소한 저녁을 위로해주는 곳이라고.

이곳 영화관에선 주로 예술영화를 상영하는데 이 분야 애호가라면 매주 꼼꼼히 프로그램을 살펴보아야 할 것이다. 격주 일요일 오후 2시 30분 '시네 필로'라고 부르는 영화감상 및 토론회가 개최되는데, 다양한 주제가 다뤄지는 건 물론, 감독별 필름페스티벌도 끊임없이 마련된다. 타르코프스키의 〈희생〉이라든지 파스빈더, 고다르의 작품들은 이 자리에 단골로 등장한다. 철학자 다니엘 라미레즈Daniel Ramirez가 이끄는 이 토론은 바에서 한 잔씩 마시는 걸로 시작해 흔히 저녁식사까지 이어진다.

이곳에서는 영화뿐 아니라 연극의 밤(격주 일요일 저녁 7시 30분)과 문학의 밤(매주 화요일 저녁 7시 30분)도 개최된다. 수요일부터 토요일까지 매일 저녁 콘서트도 열리는데 샹송과 재즈, 세계의 유행 음악들이 다양하게 소개된다.

그럼 월요일엔 무엇을 하지? 랑트르포의 월요일(매월 1, 3주 월요일) 밤은 화려하다. 밤 9시 30분부터 다채로운 이벤트가 펼쳐진다. 샹송, 시, 유머로 가득한 밤!

한마디로 이곳은 예술의 향연이 끊이지 않는 곳이다. 재주 있는 사람들은 모두 이곳으로 오면 된다.

파리 14구, 메트로 페르네티Pernety에서 내리면 걸어서 5~7분 정도 거리, 파리의 14구와 15구는 주택 지역이라 무척 조용하고 정돈돼 있다. 이곳에서만 10년째 살고 있는 내 친구는 그 좁은 스튜디오를 떠날 생각이 아직도 없다고 한다. 그에게 집이란 그저 들어가서 '자는 곳'에 불과하기 때문일 수도 있지만 그보다는 이 동네를 좋아하기 때문인 것 같다.

"심심한 저녁 때 타박타박 걸어서 랑트르포에 가면 사람들과 같이 얘기도 하고, 즐거운 시간을 보낼 수 있는데 딴 동네는 뭐하러 가?"

아닌 게 아니라 친구는 이렇게 말했다.

처음 랑트르포를 봤을 때 나는 어리둥절했다. 14구에 처음 간 것도 아닌데 한 골목을 사이에 두고 이렇게 다르다니! 바로 그 친구 집으로 가던 길이었다. 조용한 골목에 커다란 간판들이 줄줄이 걸린 건물이 보였다. 상가 같지는 않은데 무슨 건물이지? 다가가 보니 갖가지 행사가 적힌 종이들이 유리창과 벽에 잔뜩 붙어 있었다. 예사롭지 않았다. 나는 수첩을 꺼내 행사 스케줄을 열심히 적었다.

이곳을 몰랐다는게 도대체 말이 돼!

나는 혼자 감탄하고 억울해하며 안으로 들어갔다.

카페의 넓다란 홀에는 피아노가 놓여 있는데, 얼마나 어두운지 저만치에 한 남자가 앉아 있는 것도 난 10분 가까이 모르고 있었다. 바는 창문 쪽으로 나 있으며 그 너머로 레스토랑과 정원처럼 꾸며진 테라스가 햇빛 속

랑트르포 카페는 여러 개의 독립된 공간으로 나뉘어 있어, 공연이 있는 날에도 홀 안쪽에서는 조용한 시간을 보낼 수 있다. 카페 가장 깊숙한 곳으로 들어가면, 정원에서 식사를 할 수도 있고… 카페에서 기대할 수 있는 모든 것들을 갖추어둔 '카페 중의 카페' 랄까.

랑트르포에서 라 팔랭카La Palinka의 공연이 있던 밤. 라이브 연주를 듣기 위해 모여든 관객들로 카페 안은 빈 자리가 하나도 없었다. 9시 넘어 시작된 공연은 12시 가까이 되어서야 끝이 났다.

에 조용히 놓여 있었다. 오후라 아직 사람들이 없는 조용한 시간, 테라스가 고요하게 반짝거렸다. 가까이 다가가자 공들여 나무를 가꾸고 그에 어울리는 조각물을 꼼꼼히 골라 설치해두었다는 사실이 단번에 전해진다.

커피 한 잔을 들고 넓게 벤치처럼 만들어져 있는 소파에 막 앉는데 한 여자가 들어오더니 조용히 내 옆에 앉았다. 하필이면 왜 내 옆으로 오는 걸까? 말을 하고 싶은 것일까? 하지만 그녀는 혼자 계속 창밖만 쳐다보았다. 아 참, 그렇군. 이 자리가 정원을 바라보기에 가장 좋은 자리구나.

그때부터 나는 랑트르포에서 하는 모든 프로그램을 살펴보기 시작했

고, 저녁에 외출하고 싶을 때도 어디로 가야 할지 고민하지 않았다. 그곳에 가면 항상 낮과는 다른 뭔가가 있기 때문에…….

꼭 랑트르포가 아니어도 좋다. 파리의 카페는 밤에도 들러봐야 한다. 특히 여행자라면 낮과는 정반대인, 그 역동적인 분위기에 흠뻑 취하게 될 것이다.

••• L'entrepôt
7-9 rue Francis de Pressense 75014
Ⓜ Pernety

| 에필로그 |

처음 마신 파리의 커피는 쓰고 시고 독했다. 그 강렬한 에스프레소에 서서히 중독되면서 나는 파리의 삶에 익숙해졌다.

아침이 되면 기숙사 근처 카페로 달려가 한 잔의 커피와 크루아상으로 이국생활의 허기를 달랬다. 커피 향기 뭉실 풍기는 테라스에 앉아 밝게 떠오르는 아침 햇살을 온몸으로 받을 때, 내 삶은 단순하고 꾸밈없는 행복감으로 충만했었다.

과제물에 치여 힘겨울 때, 논문이 제대로 풀리지 않아 속상할 때도 나는 홀로 카페를 찾았다. 이상하게도 그곳에 가면 마술처럼 생각이 매끄럽게 정리되고 어려운 책들이 술술 읽혔다. 카페 벽면 가득 꽂혀진 고색창연한 책들을 펼쳐보며 '아! 이 카페에서 아침을 먹고, 이 카페에서 책을 읽고, 이 카페에서 글을 쓰며, 이 카페에서 사람들을 만날 수 있다면 얼마나 좋을까.' 혼자말도 여러 번 했었다.

친구들과 모여앉아 밤늦도록 수다를 떨면서도 나는 카페를 가득 메운 사람들을 훔쳐보며 생각했었다. '그래, 이런 게 사는 거지. 서로가 서로를 존중하며 각자의 취향대로 사는 삶이 그리 어려운 것도 아닐 텐데 말야…….'

글을 시작하면서 나는 욕심을 부렸다. 이미 알려진 유명한 카페 말고 새로운 곳들을 좀더 소개하자고, 새롭게 각광받는 젊은이들의 아지트와 개성 넘치는 테마 카페들을 찾아내 독자들에게 안내하자고. 그것이 내 10년을 넉넉히 받아주었던 파리와 파리 카페들에 대한 최소한의 보답이라는 걸 나는 잘 알고 있었다.

하지만 그것이 끝내 채워질 수 없는 무망한 욕심이라는 사실도 나는 처음부터 알고 있었다. 파리 곳곳을 가득 메운 수천 개의 카페들 중 이 책에 소개하는 곳은 극히 일부분일 테니까.

다만 진정으로 바라건대, 이 글이 파리 여행자들 특히 커피를 사랑하는 사람들에게 기쁨과 위안과 행복을 전해줬으면 참 좋겠다.

영원한 카페 순례자들에게 행운이 있기를!!

카페 드 파리

첫판 1쇄 펴낸날 2008년 8월 20일

지은이 | 박유하
펴낸이 | 지평님
기획 · 마케팅 | 김재균
기획 · 편집 | 김정희
본문 조판 | 성인기획(02)360-4567
필름 출력 | 삼화전산(02)2263-2651
종이 공급 | 화인페이퍼(031)955-0135
인쇄 · 제본 | 한영문화사(031)903-1101

펴낸곳 | 황소자리 출판사
출판등록 | 2003년 7월 4일 제2003-123호
주소 | 서울시 종로구 누상동 10 웰빙하우스 101호 (110-041)
대표전화 | (02)720-7542 팩시밀리 (02)723-5467
E-mail : candide1968@hanmail.net

ⓒ 박유하, 2008

ISBN 978-89-91508-47-7 03800

* 잘못된 책은 교환해드립니다.
* 이 책의 반품 기한은 2011년 8월 19일까지입니다.